总有群星闪耀

赵健 著

北京联合出版公司
Beijing United Publishing Co.,Ltd.

苏童题字：赵健的读书日记

书籍本身对于世界没有什么意义，
但是读书可以改变人，
人可以改变这个世界。

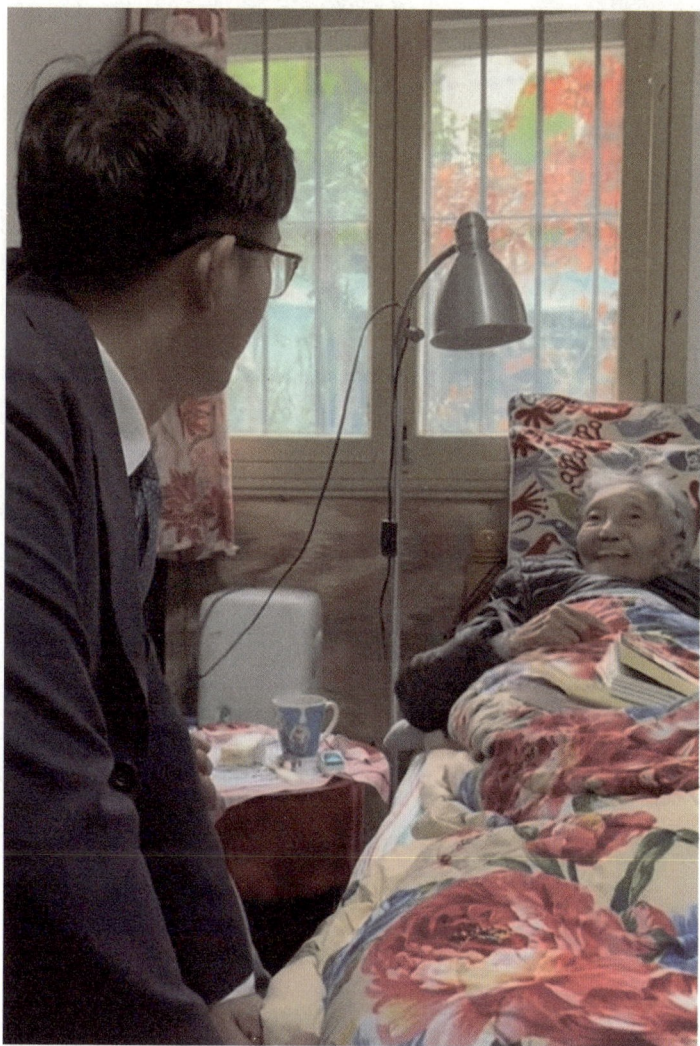

拜访杨苡。她引用《基督山伯爵》里的一句话，送出对年轻人的嘱托
——"人类的全部智慧就包含在这两个词当中：等待与希望"。

97 岁的江澄波，依然在坚守一家 100 多岁的旧书店。
他说，时代越不可测，越要有过好自己生活的定力与勇气。

拜访《画魂》的作者石楠，
她的命运与书中主角潘玉良的人生几乎交叠在一起，跌宕传奇。

我的社交时间几乎为零，
每天至少要花三四个小时阅读。

戴敦邦的连环画赋予了国画第二种生命，
他笔下的众生相，似如花美眷，似水流年。

拜访"银发知播"戴建业教授，
他的家里密密麻麻全是书。

举办跨年诗会，
用一首诗敲响新年的钟声。
这是生命中少有的时刻，
如果此时你沿着夜色走近我，
我们会相处一生。

围炉夜话
《今夜群星閃耀時》
梅尔 巫昂 歐陽江河 賈平凹

用一首詩敲響

主持抖音开学公开课

能够把自己的爱好和工作变成一回事，

何其有幸。

心淮家乡·赵健读书
奖学金

为家乡的孩子设立读书奖学金。

唯有阅读令我们永远谦卑，不知他年相见，

你将还我一个怎样的少年。

与欧阳江河（中）对谈

我因为读书过上了自己喜欢的、体面的生活，
这是时代赋予我的好事、幸事。

《一站到底》常驻嘉宾

文学的目的只关乎写作者自己，人为价值活着，
人更为自己活着。

暗昧处见光明世界，此心即白日青天。

——《围炉夜话》

自序

你相信的东西，才是你的命运

我始终提醒自己，当下所拥有的一切，并非全都来自个人的努力，我只是幸运地得到了命运的恩惠，更是得到了这个时代的眷顾。

我生于淮安的乡村，童年时期吃过很多苦。我在 10 岁以前甚至没喝过自来水，水需要长辈从大运河里挑来，在水缸里用明矾净化沉淀后才能饮用。

我曾无数次站在窗前想，有一天我会离开门前的这条河。

回想当时，年纪轻轻就会思考、有想法，就很难有快乐感，尤其是当你很清楚如何去改变，但周围没有人信任你、没有人扶持你的时候，你只能眼睁睁地看着自己错过一些机会。

我很庆幸，读书照亮了我的童年，也照亮了我之后的人生。

书籍本身对于世界没有任何意义，但阅读可以使人改变，而人，可以改变这个世界。

希望你多读书，不让狭隘的认知埋没自己的才华；不因前路迷茫而惰于思考；不因时局逼仄而懦于革新；不因众人流俗而荒于读书。

终有一天，你会发现，你读过的书，是你一生最大的财富，那时你将不再感到孤独。

唯有阅读令我们永远谦卑。当命运的齿轮开始转动，无论你去向何方，请永远记得我们的根。请将你滚烫的青春，深深烙印在这个时代。

不知他年相见，你将还我一个怎样的少年。

第二辑

把答案交给时间

01 纵有雨雪，人生可期

02

相守相离，都是爱情

03

我有理想，璀璨如星光

04 活着，要有点精神

05 她们，已然觉醒

05　我与我周旋久，宁作我

我们是一群候鸟，

拯救自己，握紧旅行的手杖，

去寻找那已经失去的自然和坦诚。

20 岁之前相信的很多东西，后来一个一个变成不相信。

20 岁之前相信的很多东西，其实有些到今天也还相信。

我相信，一定有一种生活，可以不再被时间或金钱逼迫，回归人类本质；一定有一种人生，在做自己的同时，也能贡献社会。

第一辑

我的读书日记

01

读书让我走出孤独

戏园里的童年

　　那是江苏淮安，在京杭大运河和白马湖交叉的一座孤岛上，我的爷爷和他的两个兄弟住在这里，三个人三所房子。我就在这座岛上出生。

　　在我上小学之前，我家从小小的孤岛搬到了镇上。镇上更热闹一些，熙熙攘攘的，我家隔壁刚好是个戏园。从一年级开始，每天下午三点钟放学后我就去戏园里听戏。

　　戏园是一种生活方式。它跟城里的剧场不太一样。城里的剧场是精致的，大家买门票入场。戏园的观众就是镇上或者村里的人，他们差不多从上午就待在戏园里，和演员一起聊天或者打牌，只不过到了晚上，有些人是演员，有些人是观众。

　　很多老人会去戏园里唱戏，其中大多是文盲。虽然他们出生于旧社会，不认识字，但是能把大段的唱词给背下来，非常神奇。

　　下午三四点钟，我们一群小朋友就去戏园了。小时候，父母送给我一个礼物，是一台复读机，我特别喜欢，每天抱着复读机去戏园里面听戏，录很多磁带，平常翻出来听。我就这样误打误撞地记了很多台词。

我们听的淮剧比较多。淮剧里面有一出经典的选段，叫《骂城隍》，讲的是落魄书生王清明的故事。王清明来到一个破落的道观里，老道收留了他。后来，他发现道观里有一尊泥塑的城隍爷，就开始拜城隍。拜完之后觉得城隍爷没有理会他，就恼羞成怒，开始骂城隍，甚至把泥塑给打碎了。打完之后又后悔、自责，因为那老道好心收留了他，他却把人家的神像给打碎了。

我小时候特别喜欢这段唱词，上下学的路上经常唱。淮剧中很多小人物，老天爷对他们不公的时候，他们就会找一个宣泄情绪的渠道。

还有讲述秦香莲与陈世美故事的《铡美案》。戏台上面，包公和太后争执该不该铡陈世美，太后说不能铡，包公说要铡，全场的观众都大声起哄。

当年我接触的就是这样的民间故事，我的想象力以及对人情世故的理解，大多来自戏剧这种热闹的生活方式。

11 岁离开老家之前，我听了一百多出戏，我甚至以为所有孩子的出生、成长就应该是这样的。之后我才意识到，这是一个独特而幸福的成长环境。

用祖辈的活法长大

小学四年级，我抱着一大箱磁带离开老家，第一次来到南京市市区。人生第一次，我感受到了孤独。

我不会说普通话，还有着比较严重的口吃。同龄的孩子从幼儿园就开始学习英语了，我在村里面，甚至没有上过幼儿园。

我上的第一节课就是电脑课。我从来没碰过这个东西，老师问我怎么没有带鞋套。我说，我不知道要带鞋套。

那时我 11 岁，骨子里敏感而自卑。

但是后来，这种状态很快就调整过来了。

我的数学成绩一直很好。小升初的时候，当时的下关区，仅有 4 个孩子数学考了 100 分，我是其中之一。

练习书法也使我得以适应新环境。在淮安时，姑姑启蒙了我对书法的热爱。姑姑是我小学的校长，她是一位全科老师，语文、数学、音乐，什么学科都教。她会弹钢琴，会书法。姑姑给了我很多颜体的字帖，常带着我练颜体字。

写字能让人摆脱孤独。每当你写颜真卿、柳公权、宋徽宗的字，你便走进了另一个人的人格，了解了另外一种人生。每到春天，当你抄写《兰亭集序》，现代和"永和九年"就产生了时间上的呼应。跨越千年，你和王羲之同在一个时间谱系之中。你用他的眼睛，慢慢体会，慢慢看见，"仰观宇宙之大，俯察品类之盛"，你会感觉自己不再是独自一人。

来到南京后，我幸运地遇见了对我产生很大影响的书法老师蔡强。他是南京师范大学的老师，退休后返聘到小学，教了三四年书法。

蔡老师的书法课，其他同学听得并不认真，但我跟他很投缘，他说的东西我能听得懂，比如"读临丢对"，即先像读书一样去读字帖，然后去临摹，再把原作丢在一旁，凭记忆默写下来，把你的作品和原作对照，看差别在哪里。除此之外，书法里还有很多口诀我都会背。

因为投缘，蔡老师送给我一本《古文观止》，业余时间，我常捧着书到办公室找他喝茶、聊天。

有一次，我问，《古文观止》为什么把《郑伯克段于鄢》作为第一篇？又为什么用"克"这个字？郑伯和共叔段是兄弟，"克"指攻克敌军，是一个兴师动众的词，应该是不太合适的。老师听罢，和我讲了很多门道，我对古文的兴趣就是从这位老师和《古文观止》开始的。

我记得《古文观止》明朝卷有一篇文章叫《阅江楼记》。我家窗外就是阅江楼，就是这篇文章写的地方。

朱元璋定都南京，为了彰显自己的丰功伟绩，决定在南京城北狮子山建一座阅江楼，就像滕王阁一样，以俯瞰南京长江风景。楼建成之前，他下令文武百官都以《阅江楼记》为题写一篇文章。

《古文观止》里节选的是明初名臣宋濂的《阅江楼记》。"金陵为帝王之州……逮我皇帝，定鼎于兹，始足以当之。"宋濂表面上在拍朱元璋马屁，他说，南京这个城市是六朝古都，每个王朝都很短命。自从伟大的陛下您来了之后，南京的王气都变得不太一样了。

但是接下来他笔锋一转写道，您登上这个楼之后，会看到什么样的场景呢？除了会看到浩浩荡荡的长江风景之外，也会看到饿殍遍地，还会看到很多老百姓吃不上饭。

朱元璋被这篇文章打动了，决定立刻停止建设阅江楼。所以，历史上根本就没有这座楼。

但宋濂这篇文章流传了下来，这就叫"有记无楼"。其实，我们家窗外的阅江楼是南京市后来重建的，是钢筋混凝土结构。

如果我没有读过这篇文章，我压根不会对这个楼产生兴趣，以为只是一个普通的景点。那时，我第一次意识到，当你无意中读到一本书，发现书中描述的场景就在身边，这种历史和现实遥相呼应的感觉非常神奇。

我上初中之后开始学文言文。我的同龄人有比较大的阅读障碍，我却几乎没有障碍，因为我已经读了大量的古文，尤其是熟读《古文观止》。

就这样，整个童年时期，我几乎是跟着自己的祖辈生长起来的。祖辈的生活方式，就是我的生活方式。

天堂图书馆

中学时，我开始在校图书馆担任管理员。

学校的前身是美国人约翰·马吉100多年前建立的教堂——道胜堂，后来改名叫道胜小学、道胜中学，现在叫南京十二中学。

这是座中西结合的建筑，外表看上去是中国园林，里面却是现代化的设施，有壁炉，有风扇，还有阁楼。中西结合不仅体现在建筑上，还体现在具体的装饰上：图书馆共有两栋楼，左侧一栋楼的墙壁上刻满了《论语》《中庸》《大学》等中国经典；右侧一栋楼上刻的全是《理想国》《圣经》等西方经典。

每天中午有一个半小时的自习，我都会去做图书管理员。擦窗户、擦桌子、拖地，干活只需要十几分钟就可以了，其他时间就待在图书馆里。图书馆的大部分读者是老师，而且大多年纪比较大，所以图书馆里总是很安静。有些老师会下棋，我有时和他们一起下棋，有时就站在阁楼上看书。

多年之后，我联系到了学校创始人约翰·马吉的孙子克里斯·马吉。他是一位好莱坞摄影师，跟祖父从事同样的职业。我邀请他回到南京把他祖父走过的地方走了一遍。他用一台相机拍摄南京，还跟我一起重回图书馆，如同跨越时空一般。

那座图书馆的阁楼是我最喜欢的地方。阁楼里，只有小半扇窗户开着，大部分空间是昏暗的，一束光透过窗户照射进来，明晃晃的，又暖暖的。不管遇到什么烦心事，抑或感到焦虑或有压力，一旦进入那个空间，整个人就会安静下来。

中学时，我特别喜欢几个人的书，如刘瑜、熊培云，还有一个特别喜欢的作家——扬之水。图书馆订了一本考古杂志，杂志上经常刊登扬之水的文章。我比较喜欢这种学者型的作家，她比较低调，写文章用字干净，文字抒情，非常有气韵，将一些问题研究得非常透彻。从读她阐释的《诗经》开始，到读她写的与文物相关的书，很长见识。总之，特别迷恋这位学者的书，还给她写过信。

图书馆里历史书籍多，也是有缘由的。我们学校的校长叫唐云龙，他是我的班主任，也是历史老师。学校规定，老师可以给图书馆提需求，想读什么书，让图书馆买。所以，我看的很多书其实都是老师想读的书籍。校长还经常请一些历史学者来我们学校里开讲座，比如秦晖。

我也很喜欢鲁迅的文字，还获得过鲁迅青少年文学一等奖，当时是鲁迅的孙子周令飞给我们颁的奖。

我还喜欢季羡林。初中时，我作为江苏省数理化学科竞赛的一等奖获得者去北京参加全国决赛。决赛在北大举行，颁奖典礼就在北大的百周年纪念讲堂举办。北大邀请了很多老学者来颁奖，其中就有季羡林。那时候，季老已经快 90 岁了，由儿子季承搀扶着来给我们颁奖。

　　这座图书馆在我心中是天堂一般的存在，安静、自由。在图书馆遇到的书，以及因缘际会遇到与书有关的人，改变了我的人生轨迹。

我的忘年交

尽管我本性上还是个孩子，孩子该有的习惯都有，但灵魂上，我觉得自己和其他孩子是不一样的，因而会刻意和他们疏远，保持一些另类的"个性"。

为了弥补友情上的遗憾，也依循着本心，当时我就喜欢做一件事情——逛大学。很多著名的大学，如南京大学、东南大学、南京医科大学、河海大学都在南京，保留有历史悠久的老校区。

那个时候，大学都是开放的，就算是中学生，也可以直接进去，不用证件，还可以直接去图书馆。到了周末，大学里还会有很多讲座或公开课，我当时就是以旁听者或者游客的身份去听。

有一个老爷爷对我影响很大，叫郑集。郑集是生物化学家，也是南京大学生化系的创始人。我去南大听讲座时，偶然认识了他。他有 100 多岁了，穿着朴素，推着一辆自行车（自行车像他的拐杖一样），到学校里讲课。

郑老很喜欢写古诗词，我去过他家，他家有很多中国传统古书。

当时，他送给我一本自己写的古诗词集《郑集合集》，不是出版物，是他自己的手抄本，装订后送给朋友们。

这位学者对我影响很大，他身上有着民国时期的学者气质。他虽然学习理工科，但国学仍是他的传统底色，写古诗词是他的生活方式。那个时候，大家都是杂家，现在很少有这样文理融会贯通的大家了。

事后想想，我遇到了这么多人，都不是刻意遇见的。只要在校园里逛，你总会遇到一些不一样的人，即使只有自己一个人，也不曾感到孤独。

我还有个"朋友"——音乐。

我是学校铜管乐团的成员，吹了3年的长号。当时，学校给每个学生发一个新的长号，这是我人生中第一次正儿八经接触到的乐器，我把它当成新的朋友、家人，每天擦拭。

人会一种乐器，哪怕会吹口哨，情感就有了一个表达渠道。不用考级，只需把它当成自己的一种生活方式，而且是一辈子的生活方式。如果我将来有了孩子，我希望他/她能学会某种乐器。无论孤独时、开心时，乐器都可以常伴左右。

做个普通孩子

我的父母给我最大的影响是教会了我本分做人，老实做事。他们在南京开了两个工厂，做汽车维修保养生意，这么多年干着自己的本行，从不逾矩。他们不怎么干涉我，只有一点，希望我能做一个普通的孩子。用现代话说，我的父母比较佛系。

我从小就很想学唱戏，想当戏曲演员，但父母不太同意。在台上唱戏，看着光鲜亮丽，其实非常辛苦，要从小练功。父母不希望我大富大贵，就希望我做个普通人。我的名字叫赵健，也是因为母亲希望我这一生健康平安就足够了，对我没有太多的期待。

当父母没有太多期待的时候，孩子反而有了自由发展的空间。父亲有一句话，我现在还记得，他说，不望子成龙，因为他自己不是一条龙，就是个普通人，他只"望子成人"，希望我能够成为一个实实在在的人，人中龙凤是很偶然的事情。

我自己也很独立。中学时参加数理化比赛，一个人坐火车从南京到北京，后来还去了中国澳门、新加坡参加国际比赛，都是自己一个人坐飞机。

其实，人的生活能力和学习能力是并行不悖的。孩子的能力可以很强，关键在于父母得把孩子当成一个独立的人来看待，完全没有必要给孩子树立那么多边界。《红楼梦》里，贾宝玉不到20岁就结婚了，但我们现在结婚的时间整体延后了。实际上，如今这一代的孩子心智已经很成熟了。我也是如此，就算现在遇见15岁的自己，我们的对话也是没有障碍的，因为我们拥有同一颗心灵。

02

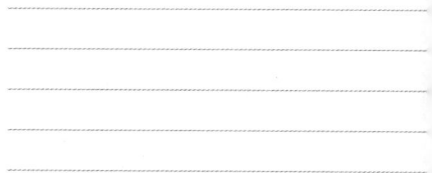

你要真正地登顶一次

《诗学》与《小逻辑》

初入大学，我并没有像其他同学一样享受到解脱和自由的愉悦，而是充满沮丧和不甘。

南京师范大学并不是我的首选，因为这里的大学生活我在初中时就已体验过了。我本想选华东师范大学，离开南京，去往上海。但华东师大分数线高出十几分，我错过了，依然留在南京。

我时常思虑自己考试的失败，以为自己会由此被耽搁。

我觉得我不属于这里，因此我也刻意不同室友讲话，上课坐第一排，每天只跟老师互动。老师都觉得很惊讶——这学生上课这么投入！

这段时期，有几位老师对我影响很大。第一位是教戏剧艺术通论的贾冀川教授。

大学第一节课，冀川教授在黑板上写了一个字——美。他说，戏剧学属于美学的范畴。"美"这个汉字，一个羊一个大，羊大为美，古人将吃羊肉的味觉定格下来，定义为美。

我当时提出了疑问，认为我们中国人是农耕民族，吃牛羊肉的历史是很短的，肯定是在汉字定型之后，基本算是汉朝之后的事情了。那么，发明汉字的中原部落人不会有吃牛羊肉的经历。那"美"这个字究竟应该怎么理解？

隔了半个月左右，冀川老师送给我两本书。他说我提的问题："美"这个字究竟该怎么理解？他一直记在心上。这两本书一本是亚里士多德的《诗学》，一本是黑格尔的《小逻辑》，其中或许会有答案。我读了几百册中国古书，这种西方经典著作却是第一次读。从这件事起，冀川老师和我成了很好的朋友，他给了我莫大的信任和支持。

我上大二期间，他要去美国访学三个月，让我准备了四五节课，给同学们上。他回来之后，我还帮他出期末考试的考题，这些都让我颇有成就感。

还有一位老师叫杨光飞，他研究古典文献学，认真听他课的人不多，我属于少部分认真听课的人，跟他的互动较多。

这两位和我有情感交流的大学老师，让我慢慢平衡了心态，觉得大学生涯也没那么糟糕。

用一首诗敲响新年的钟声

大一结束，学校图书馆给我发了奖——"图书馆借书量最多的读者"。

一开始我觉得开心，后来又意识到，在图书馆里面安静地读书，本就是作为学生的本分，现在却需要学校刻意去推广，这说明其他人或许已经不读书了。大学生之前接触的大都是教科书，没有读闲书的时间，以致很多人高中毕业之后一辈子都厌恶书籍。

我突然就有了想做的事情——既然那么多同学不喜欢读书，我就偏要做读书会。

我先成立了柚子读书会，说是读书会，其实就是看电影。我买了一个投影仪放在宿舍，定期放一些黑白片、默片。来的人每人交五块钱，凑一起买些柚子，看完电影后，大家一边剥柚子一边聊天，分享关于电影的观点。就这样，大家一起看了很多独立电影。

某个午后，我在仙林敬文图书馆读到了《诗经》里的一句诗："嘤其鸣矣，求其友声。"这8个字给当时刚满20岁的我带来了深深的震撼。我仿佛就是诗里描述的那只小鸟，独栖枝头，等待着某个遥远的朋友。那一刻，我的脑海里突然冒出了一个念头——嘤鸣读书会，我似乎知道了自己注定要做的事。

我们不再满足于只看电影，我还邀请了贾冀川和杨光飞两位老师做客读书会。他们来给我们开书单，让我们去读一些书，再来点评大家的读书成果。

在组建嘤鸣读书会的过程中，我找到了做事的动力，感受到校园里还有很多和我一样孤独的年轻人，还有支持年轻人读书的导师。是读书把大家聚在一起。

半年之后，读书会的规模做大了，已经超出校园范围，走进书店和公共图书馆，每次在校园里贴读书活动的海报，很多路人以及周边的市民也会报名参加。

在南京大学城旁的一个乡村里，我发现了两栋农舍。通过和他们的村委会沟通，在当地政府宣传部的支持下，我们共同建立了一个图书馆，叫"嘤栖书院"，取"嘤鸣其声"和栖霞区之意。嘤栖书院成为当时的网红图书馆，很多人专门来探访。这使我意识到，一个人读过的书，早晚都有用到的契机。

在那个图书馆里，我组织了第一次的跨年诗会。大家点着蜡烛，读着诗歌，从 12 月 31 日的晚上 8 点一直读到第二天早晨 8 点，从当年一直读到第二年。后来，我就把跨年诗会当成一个创业项目，每年找赞助商、找品牌方、找更多的嘉宾。我接触了很多著名的作家朋友，如苏童、余华，还有很多诗人，如北岛、欧阳江河、芒克、多多、西川、翟永明、舒婷，这些老师都参加过跨年诗会。

疫情之前，跨年诗会做到了最大规模，但那也是最后一次。在南京的一座万人体育馆里，马家辉、贾平凹等很多知名的作家、诗人和年轻人一起读诗到天亮，用一首诗敲响新年的钟声。

这是一个很浪漫的活动，许多老师也觉得激动，他们仿佛回到了 20 世纪 80 年代，那个他们经历过的对文学狂热的年代。

在一切都还没准备好的时候，2019 年就这样匆忙地来了，来得太快了，以至于记忆还停留在 2018 年。仿佛还未开始，但它已然结束了。它就像一场梦，在时间和记忆的夹缝里灵光乍现。我认真地问自己，下一个 5 年，还会继续坚持下去吗？我年轻的生命所迸发的热情就像对大海与爱情的温度一样，在踽踽前行中祈祷，正如基督山伯爵临别时的赠言：等待和希望。

跨年诗会停办之后，有人建议我可以采用直播的形式再现诗会，但我始终更喜欢人与人线下的见面，这种互动的纯粹和感动，是线上的短视频和直播都无法实现的。

回顾这段经历，我意识到"读书"和"读书会"是两码事，前者是一种与宇宙对话的精神旅行，后者是一种横向美学感染的社会运动。如果说读书是一种"自觉"，那读书会则是一种"觉他"。

让更多的年轻人爱上阅读、养成读书习惯，这是一项意义无比深远的公益事业。我真诚地希望，嘤鸣这个平台能促进青年人的思考和交流。嘤鸣不是启蒙者，也不为哪类人代言，它只是后来者的垫脚石，它的使命是与更多的年轻人一起读书、思考，一起承担"文化重建"的重任。正因如此，我们从未想过要屈服于外在的压力，也不去迎合时尚和潮流。我相信，每个时代必然有丰富、深刻的思想诞生，长久地使后世人受惠。

每个读书会的成立都蕴含着不同的生命历程。有的在谈笑之间即可轻松上路，有的却必须披荆斩棘方能成行，个中滋味如人饮水。

嘤鸣读书会是一个极其特殊、年轻的存在，它戴着一种周梦蝶所云的"蓝色的镣铐"。每一个人都降生于他的时代，来早或来晚都无济于事，这不是他能自由选择的，他的所有条件都被时代限定了。嘤鸣读书会正巧就诞生在当今这个复杂的时代里。

我反思自己这 5 年来走过的每一段路，那些犯过的错误、跌过的跟头、吃过的亏，都在提醒我，青春是躁动不安的，恰恰又赶上了这个躁动变革的时代。20 多岁的我们，迷茫而又着急，总是迫切地想要找到一切问题的答案。孟德斯鸠在谈及罗马盛衰的原因时说，罗马失去自己的自由，是因为它把自己的事业完成得太早了。对于一个读书会而言，嘤鸣把它的很多事情也完成得太早了、太急了。

我无比明白，没有什么事会真正结束，没有什么东西能真正离开，包括所有的荣光和懊悔。我们总对一个更美好的世界怀有期待，而这需要我们真实地改变。

般的光泽

满了山坡

漩涡

我们一起读诗的日子，永远不会被忘记。

我想活成他们的样子

这几届跨年诗会中，有几位作家对我影响很深。

第一届跨年诗会，我邀请了欧阳江河。此后 10 年，欧阳江河老师亦师亦友，对我的影响很大。欧阳老师是活得比较纯粹的作家和诗人，像苏东坡一样游刃有余，就像一束光，不论哪种人都会把他当成朋友。

他将近 70 岁，大学退休后依然勤奋地创作着，安静地写字、写诗、听音乐，纯粹地享受着生活，他家有一万多张音乐碟片。这是我特别想拥有的一种生活状态。

另外两个作家分别是苏童和叶兆言，他们都在南京，是典型的南京作家。

他们从来不看重头衔与名利。叶兆言的爷爷是大文豪叶圣陶，爸爸是大作家叶至诚，他们是文豪世家，身份带来的荣誉与狂喜他早已经历过。苏童老师过的则是另外一种生活。苏童成名很早，26岁就发表了《妻妾成群》。他拥有太多的荣誉，已不再把这些当回事了。

我常去他们两位家里串门。苏童喜欢打牌、踢球，叶兆言喜欢游泳，他们都是很热爱生活的人，散落在南京这座城市里。南京虽是一座看似平凡的城市，但有了这两位大作家，就变得独特起来。

这三个人无一例外都很勤奋。苏童现在还在坚持创作。叶兆言也是，有次去外地参加活动，我们坐同一班飞机，我在飞机上睡了一觉，醒来发现他还在拿着电脑写作，完全乐在其中。

欧阳江河在香港大学做驻校作家。他在香港一个很狭窄的宿舍里住了一年，那么逼仄的环境，他还坚持练字，要写大字，就把床单掀掉，在床板上写。他写字不图卖钱，就是纯粹的喜欢。这种生活态度是我特别钦佩的。

之前的几百年里，袁枚生活在南京，活得亦是这般模样，修建"芥子园"的李渔亦是如此。他们是一群有文人气息的作家，活得洒脱，没有功利目的，对于人情世故琢磨得少，更喜欢游山玩水、听音乐、发展兴趣。他们将世事看得清醒，不仅是文人，更是生活家。

我默默在心里把苏童、欧阳江河和叶兆言三位作家当成一种理想，活成他们其中任何一个我都此生无憾。人生应该如此，不能太急功近利。

只是，如今还能出现这样的文学大家吗？

很难。

这个时代，最不"值钱"、最难实现的梦想就是文学。

一天的时间有限，绝大多数人花时间在短视频与直播上，而不是看书。而且，现在的文学有一种固化的趋势，发表的渠道变得越来越少，个体只有在具有了一定影响力后，才有机会和出版社合作。有些写作，已成了人情世故的"兑现"。《收获》《十月》这些顶级文学期刊的发行量一个月也不过几万本，这和当年全民读文学的时代完全不一样了。

苏童生活在今天，可能不会成为苏童。同理，莫言、余华生活在今天，也很可能不会成为莫言、余华。今天很难再出现一个当年明月，二十几岁写一部书，能够天下皆知。

年轻时，文学眷顾了他们，时代也遇见了他们。他们依靠写作就能够不愁吃穿，一生都过得有底气，遵从内心，专注自己的精神世界就足矣。

每个读书人或许都有文学梦想，希望活成他们的样子，但是缺少一技之长，很难通过码字挣钱。在这个时代，文学或许只能当作兴趣，但这也是机会，反而使得文学更加纯粹。在这个时代还愿意写作的、真正热爱文字的人，他们清醒地知道不能指望文字生存，却还愿意用业余时间坚持写作。

其实，文学的目的只关乎写作者自己。

功成名就的作家或许早就不用如从前一般写作了，但他们还是在写，他们是想要表达，想要把才华尽可能地释放出来。

所以，如果你热爱文学，就不要丢弃这个梦想。或许今后你会变得更安静，不浮躁。也许某一天，文学的春天会再度到来。

主持"我的文学生涯"苏童（左）沙龙分享会

人为自己活着

我非常喜欢一句话：嚼得菜根，做得大事。

这句话是南师附中的校训，我觉得一个人就应该是这种状态：吃得了菜根，也能做得起大事。

即便把我扔到沙漠里，我也能找到适合做的事情，这就是人存在的价值。

如孔子所说，君子不器。人们总把很多东西看得太重。当被问到"你是干什么的"的时候，你会回答，我是警察，我是法官，我是编辑，我是主持人。这些都是你的职业，但抛开这些职业，你究竟是什么呢？我更关注的是这些东西。

其实，读书人是有类型的。你读什么样的书，你就是什么样的读者。我可以用两个字来概括自己，一个是"思"，一个是"诗"。我读的东西大多都围绕这两个字。

"思"与"诗"代表人类大脑的两种极端状态。"思"就如思考者雕塑，是人类理性的发端。极端理性的时候，思维会不断地被开发出来，想法会不断地蹦出来，而且会建立一套理性的文明，诞生国家、社会制度等一些基础的东西。

"诗"是人类更高层次的东西，往往是超现实的。先锋书店有一个标语——大地上的异乡者。这句话源于荷尔德林的一句诗——"人诗意地安居于大地上"。

很多人对这句诗是有误解的。在荷尔德林或海德格尔看来，诗不是浪漫的。浪漫是一种很轻飘的感觉，而诗是厚重的，是通过"嚼得菜根"的磨炼才能达到的一种境界。当代人将诗称为小清新，更关注自我感觉。荷尔德林的诗则是另一种极端的大情怀，这种情怀不仅建立在自己的生命体系上，更建立在充分认识自我后，跟自然、天地的互动之上。无论中国还是西方，经典哲学、文学都强调认识自我，认识世界。

因此，通过"思"和"诗"认识自我是两种极端，而这两种极端的认知方式往往同时呈现在一个人身上。

生活中，我更像一个内向的、感性的、没长大的孩子，人们很容易找到我的弱点。因此，我不喜欢主动和别人打交道。

但我认识了很多老师，他们改变了我对人与人交往的想法，在各个层面上对我都是一种"打开"。比如陈丹青，他来过读书会，外界认为他性格很孤傲。但和他接触之后，就能感到他为人很随和、低调、谦恭。还有叶兆言，相处时你感觉他就是一个普通人；深入接触后，你会发现，他们是为自己而活着，并不在乎外界给予的各种光环。我喜欢他们的这种状态，没有压力，极度真实，让人欣赏。

人为价值活着，人更为自己活着。

与刘传铭老师对谈

你要真正地登顶一次

文学之外的其他领域，年轻人都可以去尽情实现自己的抱负。

你可以开公司、开民宿、开咖啡馆，只要成本可控，都可以创业。现在这个时代给年轻人提供了很多机遇，试错成本很低，如果想辞职，想做其他行业，尽早去做，大不了就重来。总有人说，等我退休了，就开个咖啡馆或去环游世界。千万别这样说，你不一定能活到你所说的那一天。现在的环境里，无常的东西太多了。

事后想想，我做成的几件事情，并不是只想想，而是立马就去做了，是尽全力做到了。做的过程中，你会有不一样的观点。但不要等想得周全之后再去做，等你想周全，已经错失最合适的机遇了。

人这一生，一定要找到自己真正热爱的事情。人在经历的事足够多之后，总会找到自己感兴趣并且擅长的。舒适圈外面的生活叫挑战圈，你要多做一些富有挑战性的事情，把挑战圈变成舒适圈，使富有挑战性的生活成为常态。

我甚至觉得，一个人在30岁之前是个穷光蛋都没有关系，人这一辈子的财富不是30岁之前挣到的，30岁之前有更加重要的事情要做。如果你在前20年间错过了父母或者社会给予的受教育机会，20岁到30岁这10年是你自己重新塑造的，你塑造的是30岁到90岁这一段漫长的生活，你要给自己积累底气，让羽翼变得更加丰满，让自己有面对余生的底气。

有了热爱之后，还要学会坚持。

什么叫坚持？坚定地相信自己持有的东西，这才叫坚持。任何一个行业，只要你认定了，扎根进去，三四年的时间内，你一定会露出锋芒，成为行业内的半个专家。不要放弃任何一个训练自己的机会，任何一个行业都有它的天花板，你都可以接近它。频繁换公司、换行业，容易让自己失去成长的机会。很多时候，不够坚持，就没办法尝到甜头，没办法坚定地反哺自己的热爱。

如果真的有机会看到每个行业的头部，你会发现，这个世界不过如此。再厉害的人，再厉害的团队，那些我们想象中的高山，或许都很普通，甚至只是草台班子。在他们的竞争机制下，他们也没能够把自己的最大才能激发出来，处于金字塔下方的大多数人能够释放的才能就更少了。所以，人不能满足现状，一定得先多看些好的东西。

"不过如此"是强者经历过繁华后的谦辞——"这个世界，不过如此而已"。

你若向上攀登，就一定要真正地登顶一次。

03

人最该关注的是自己

卖书的读书人

我被问得最多的一个问题是"你一个读书人怎么会来卖书"。

我以前不会理睬这个问题，但现在，我很想把这些人拉个群好好聊聊，因为我想通了。

如果孔子、李白、杜甫、苏东坡生活在今天，他们一定也会开个直播。孔子或许会注册个抖音号，这样他就不用周游列国了。通过一个手机，他的想法就能远播四海，这是个多好的工具。王阳明形容孔子为圣人中的"时人"，他是时髦的、与时俱进的。人，不能永远过以前的生活。

陶渊明可能是李子柒这类田园博主的"祖师爷"，他肯定会开通直播间，每天分享自己的诗与远方以及如何耕作，这多好玩啊！

为什么在大家的认知中，读书人就不应该去卖书？

卖书是一件必须有人做的事情，难道要让那些不读书的人去卖书吗？为什么读书人不能过上一种很体面的生活呢？

袁隆平获得科技奖项后，某企业赠送一辆汽车给他。很多人有意见，他们说一个科学家，这么伟大的角色，怎么可以要这样一辆汽车呢？但在我看来，像袁隆平这样做出重要贡献的人，就算是奖励一架飞机又怎么样呢？

今时今日，我们为什么还要向孩子们倡导一种"十年寒窗无人问"的成长理念呢？一个人每天读书，命运便给予他恩惠，过上体面的生活，这不才应该是我们倡导的价值观吗？

我因为读书过上自己喜欢的、体面的生活，并用自己的专长将很多冷门书籍通过直播卖出去，这是时代赋予我的好事、幸事。

对于未来的阅读推广领域，我其实是很悲观的。

我做再多尝试，都只是一种自我肯定，给别人带来的影响或许并不如期待的大。本质上，我只是一个普通工作者，是个知识的搬运工，是作者和读者之间的一座桥梁，仅此而已。所以我并不把自己的使命看得过大，我的视频如同电影开场前的预告片，几秒钟就过去了。所以，我接下来只想把这件事情做到极致，这样就足够了，不再祈求更多。

今后，如果有能力，我想投资纪录片，因为纪录片能够完整地将一件事情讲清楚。如果有机会，我会再开一家书店。我很喜欢书店，它营造的是一种关乎文化的氛围，不管未来科技如何发展，线下书店中，人与人能够面对面地进行交流，能够触摸书本，这种乐趣是永远无法被科技替代的。书店是只属于读书人的场域，它像一座庙，像一个精神的道场，它能够改变人的气场。

所以，读书能逆天改命吗？

逆不逆天我不知道，但确实能改命。因为我的命运就是依靠读书改变的。

为孩子们送书

我用"无趣"形容自己

如果要用三个词介绍自己，我坦诚地讲，是无趣、聪明、坚持。

第一个词是无趣。我的兴趣爱好比较少，不打游戏，也从来不沾烟酒。我从很小的时候就开始给自己做减法，拒绝在很多不值得的人和事上投入精力，这让我在同龄人眼中显得无趣。但是，我远离无谓的社交，让自己舍弃很多不必要的物质欲望，我活得很轻松。

如果可以选择，我这辈子最不想做的就是读书，读书是很辛苦的。

作为一个阅读分享者，我得先活成一个爱读书的人。我的社交时间几乎为零，每天至少要花三四个小时阅读，不能被任何事情动摇。除此之外，我也会去见作者或者书中提到的人，从而补充阅读观感，本质上也是一种阅读。

我会定期出差，每个月会去两三个新城市，看看新的街景，呼吸新的空气，这对我来说就是旅行和休息了，我感到很满足。读书、行路、从师，成了我当下的工作状态和生活方式。

第二个词是聪明。我很希望自己能成为一个聪明的人，期待自己变得更有智慧、更理性。

理性是一种品质。很多时候，我们以为自己是理性的，但其实很多行为都是被社会观念灌输的结果，而非通过自己思考做出的。只有明白这个世界的真相，才能知道这一生的天花板可能会在哪里，进而选择适合自己的生活方式。

人在规划自己这一生的时候，为什么不能像设计手机的使用说明书一般，想想自己的使用说明。若不能理性规划短暂的人生，我们就会错失很多重要的东西：重要的亲人、健全的身体、充满斗志的状态……所以要趁着自己还有状态与行动力的时候，多加一点点智慧和理性。

第三个词是坚持。只要我认定的事情，一定会穷尽一切可能去做成它。我在做决定之前，会给自己更多清醒地思考的空间，阅历、书籍都会成为重要的参考。而我一旦选择出发，就要披荆斩棘地走下去，有始有终，给自己一个交代，把每一件事情都当成自己的作品去做。

一路走来，我感到困难的时刻也有很多，但回过头来想想，都不算天大的难关。做事也就不过如此，"轻舟已过万重山"。

以前办跨年诗会需要筹钱，那时我还是一个初出茅庐、没有什么能力的学生，缺过钱、亏过本，当时觉得是天大的难关。但事后想想，这些都不是最重要的，重要的是我认定这件事情需要坚持，最终总能找到出路。但如果我认为和一件事情没有缘分，一个小小的困难就足够将我打趴下。

和同龄人相比，我走得更顺利些，所以我没有资格说自己经历过至暗时刻，但我总觉得，前行的路上一定会有更多的风浪，它们随时都可能到来。

若至暗时刻真的降临，能支撑我度过的，或许就是回忆里的那些人、那些事。

2014年，我皈依星云大师，法名惜成。星云大师很有人格感召力，他23岁从南京栖霞寺去往台湾，从无到有，41岁在台湾创办佛光山，把自己的一生活成了别人的好几辈子，他总是在结更多的善缘，尽可能影响更多的人。

在他所创办的佛光山寺庙里，还有基督教、伊斯兰教等其他宗教的礼拜堂。他觉得，任何信仰在他的寺庙里都能找到皈依之处，任何一个灵魂也都可以找到停泊之处。我从来没有见过心胸如此宽广的人，这是很值得我学习的。

星云大师尊崇的理念是"竞合"。人不应相互内卷，而是要竞相合作。这个理念体现了人性十分美好的一面。如果能做到这一点，就能把个人的潜能和人格完全释放出来。

受星云大师影响，我一直都认为，在同行业里，我是没有所谓的竞争对手的，无论是开书店还是做短视频卖书，所有同行都是我的合作伙伴，读书人应该相互温暖。

开一家书店，我的竞争对手不是其他的书店，而是商场或娱乐场所，应该让孩子们少去网吧，多来书店。做直播卖书，我的竞争对手不是其他直播卖书的同行，而是其他行业的主播，希望大家多花时间来看书。这是我的理念。

我的直播书房

阅读是一种生活方式

一个人读书最大的门槛，在于他是否愿意把阅读当成一种习惯。

读书会在阅读推广方面的力量是非常有限的，最多是作为一种辅助，让人感觉原来有这么多人喜欢读书，能够因书结友、以书为乐。

心理学上有一个概念叫作"同侪压力"。世界上为什么很多年轻人挤破头一定要考到最有名的大学？因为这些学校给学生提供的不仅是最优质的教育，还可以借此结识一群与自己不一样的人，这些人能够让你潜移默化地受到暗示，进而被影响、被改变。

读书也是一样，一个人很难形成自主的阅读习惯，我们大部分人很难像自己所期待的那样，完美地过好一生。所以读书会的价值就在于为年轻人提供一个具有同侪压力的环境。

读书不是用来使人快乐的，我甚至一直觉得读书是使人痛苦的。

阅读文字，其实是在阅读人生。那些最优秀、最聪明、最有思想的人，他们穷尽一生，用文字把想法凝练在书里。我们用相对短的时间来阅读，感受他们的人生。通过这种方式，我们更加了解自己的内心、了解社会，在这个过程中，其实了解越多，困惑越多。

读书不是用来解决问题的，读书是帮助年轻人提出一个又一个问题的，它甚至不负责解答。所以，我觉得读书本质上是一件很痛苦的事情，但这是一种让人很愉悦的痛苦。

阅读是一门选修课，没有人有义务把阅读作为必修课去终身坚持。阅读本质上是可有可无的，人是可以一辈子不读书的，可能也过得很好，过得很幸福。他有充足的物质和丰富的生活，能够享受一生，这也是一种很好的人生。

幸福的来源很神奇，它和智慧好像没有太大的关联，不读书的人生未必就注定是荒芜的。但是，对有些人而言，当物质生活、日常生活相对不那么丰富的时候，可以试着通过精神生活让自己获得一种享受、一种思考的愉悦。读书就是一种让自己的精神生活变得充实的方式。

在我具体构建和寻找梦想的过程中，读书并没有给我带来直接的启发。但在我读的很多传记类的作品中，我看到了很多活得精彩的人，他们找寻梦想的一些路径给了我启发，也给我提供了间接的帮助。

阅读给我带来的最大启发，就是学会包容每一个人的想法。这个世界上每个人的想法都不一样，或者说都不应该是一样的。你要认真地去体察，去感受每一个人的处境与言行。读书教你真正地认同每一个人，尝试着去走近每一个人。那时你会发现，世界变得更加辽阔。

这个时代不给年轻人太多喘息的机会，但越不读书，反而会越累，最终陷入恶性循环。

如古人所说的"戒定慧"一般，定的前提是戒，是舍弃，需要你放弃一些娱乐，摒弃杂念，让自己静下来。一天总能找到15分钟的时间，你拿起书本，安安静静地读上15分钟。这15分钟或许学不到任何知识，但会让你静下来。人一旦内心沉淀下来，就会进入一种安定的状态，才能心生更多智慧。

但当你感到厌烦，千万不要强迫自己去读书。它会给你带来心理暗示，越心烦，越读不进去。长此以往，一读书你就会想起这种厌烦的情绪。要找到自己最舒服的、最想读书的时刻，这时立刻拿起书来读。这样以后一想起读书，你就会觉得开心，这是一种正面的影响。

很多读者有阅读方面的困惑，不知道自己该读什么书，也不知道给孩子推荐什么书。最常见的问题是，我们家孩子7岁读什么书？16岁读什么书？

一般我的回答是，我很难通过年龄去推荐书籍。

对于青少年而言，一定要多读一些经典的、伟大的读物，与伟大的灵魂对话。现在童书行业比较繁荣，很多出版社容易跟风，一个题材卖得好，大家都跟风做同样题材的书，但这些书未必好。我也不太赞成过分强调青少年的分级阅读，我们不必人为地给孩子制造很多阅读门槛。同一年龄的孩子，心智的成熟度是不一样的，而伟大的文学经典的魅力正在于打破年龄的界限。比如曹雪芹创作的《红楼梦》，他不可能想到"我这本书未来几百年后，是给一个初中二年级下半学期的孩子读的"。因为，经典读物是面向所有读者的。

成年人如何选书，这也是很多人的困惑。

我很难给出个性化的意见，因为我不太了解每个人具体的状况。但我依然觉得，应先读伟大的经典之作。你可以尝试由浅入深，不必一上来就读陀思妥耶夫斯基的书。读书不要为难自己，把它当成享受，先读简单一点的，把它读完，享受读完一本书的畅快。这样你会有更多成就感，然后才有动力读第二本书。

去学校看望孩子们

什么是精神贵族

在我写的所有人物故事中，我最大的体悟是一个人的成长太不容易，遇见哪个时代都不是他自己能够选择的。很多人被时代亏欠，再了不起的科学家、文学家都可能遭受过很多委屈或伤害，但他们能够坚持下来，无愧于所处的时代。设身处地想，如果我是他们，未必能作出这种选择。

这些伟大的人物都有一个共同的特点——"贵族"气息。

现在，我们中国人已经不谈"贵族"气息了，很多时候，这是一个令人回避的话题，甚至是贬义词。但这是我很想倡导的一种理念。西南联大时期，学者们虽然过着贫穷的生活，但是仍要每天将衣服熨得平整并保持整洁。人在那么艰难的时刻仍要把自己收拾得体面，活出个人样，这便是精神贵族。

"贵族"教育不是学西方语言，学马术或高尔夫球。其实，中国人对"贵族"教育是有自己理解的。

第一个标志，是要学习一些自由而无用的东西。这是每个人情怀和自豪感的来源。英国伊顿公学迄今为止还在教拉丁文，只不过是为了告诉他们的学生英语词根的来源，拉丁文类似于中国的文言文，虽已经不被广泛使用了，但他们还要终身去学。"贵族"教育区别于其他教育的重要标志，是让你知道文化传统来自何方。中国孩子的"贵族"教育不应该是英文，而应是文言文。你得知道你的传统来自孔子，来自司马迁，这是你的家国情怀、血脉的来源，有了这样的大环境，才会有身份认同感和自豪感。

第二个标志是乐业，热爱自己所做的事业。

我在老家的乡村里，见过祖传的职业人。爷爷是裁缝，爸爸是裁缝，下一代人也是裁缝，三代人就做这一件事情。小小的理发师，给全镇人剃头，这也是非常有身份的事，是令一方人尊敬的工作。收入高低并不影响个人价值。

雨果的小说里，提到了一位点灯人，他的父亲、爷爷都是灯塔的点灯人，他觉得自己的工作很有使命感与成就感，点一盏灯，就能帮助那么多迷失方向的远行者在大海上找到方向。他也特别乐意把这份工作传递给自己的儿子，在他儿子的心中，爸爸也是英雄般的存在。

旧社会时，很多小作坊都有自己的标识，有老字号的概念。我想，以后的社会也一定会恢复这种小而精的品牌趋势，不再一味追求大而全的公司。社会是认可家族荣誉和传承的，中国五千多年的文明历史中，应该出现更多的百年老店。

现在我们往往没有家族的职业传承，甚至缺少乐业的精神，大家做一份工作往往是为了以后摆脱它。人这一生有将近三分之一的时间与工作相关，只有将自己的人生同职业身份捆绑在一起，乐业，才能乐活。

中国制造、中国创造，以后我们一定会回到"中国地道"。尊重自己的职业，地地道道地做，把产品做到极致，至少做到你愿意传承给你的孩子。

第三个标志是予大于求。我努力做到与任何人相处时，给予他人的要比从他人那里接受的多一点点。

学习一些自由而无用的东西、乐业、予大于求，这是我所理解的精神贵族。

人生只活几个瞬间

这本书不会让你开心地看完它，你可能会感觉到悲伤，我在写作过程中也有这样的感受。人生的底色就是悲伤的。我们只是误打误撞来到这个世界，也会同样莫名其妙地失去曾拥有的一些东西。

无常是人生的底色，幸福只是一些偶然的瞬间。但人生有那么几个幸福瞬间，就没有白活。人不能期望一年365天都过得顺遂。哪怕是帝王将相，每天也只有片刻欢愉，大部分时间还是要遭受世俗中庸常事务的侵扰。

我写了很多知识分子的故事，写读书人身上的风骨，写读书人的精气神，写读书人的成长史。我不想刻意传播特殊年代的苦难，所有的人生经历都是希望告诉大家，这么厉害的人也过得很不容易，但他们都挺过来了。

所以，你不要白白吃苦，要让你所经受的辛苦更有价值，以更好的自己来"回馈"曾经的至暗时刻。不要沦陷于糟糕的境遇，要拽着自己，把自己从烂泥堆里拔出来，活得体面。

体面不是高收入，不是成功的工作，而是一种精气神。

我们从先辈身上能学到的最直接的一点，就是这种清醒。

清醒意味着你知道你是谁，你所处的是个怎样的时代，你和这个时代是怎样的关系。

当你对自己的定位不够清晰时，做事情总会觉得没有节奏，不顺畅。其实，人只需要在自己的旷野里耕耘，就已经足够宽广了。

张爱玲曾说出名要趁早，但那是特殊时期。在如今这个时代不必着急，过早成功，人会觉得自己拥有的一切都是理所应当，别人没拥有是他不努力的结果，这将使人陷入一种危险的境地。

活得清醒，就是知道人这一生能拥有的未必全都是努力的结果。现在很多人纠结，觉得自己付出了很多，回报却不成正比，身边很多人明明没怎么努力，却能获得巨大的成功，因此心理失衡。其实，我们只能在因上努力，但因未必会结果，因果之间还有缘，因缘和合才能结出善果，而缘是特定的条件，是你遇见的人和空间，这是人没法左右的。我们唯一能改变的就是因，只能在因上足够努力，不用太纠结果是否满意。而且，哪怕你获得了这个果，它又会成为下一个因，这未必是一件好事。

人这一生，最该关注的是自己，最该呵护的也是自己。不要辜负上天赋予的使命，要让自己活得足够精彩。若受到了命运的眷顾，不应居高临下地俯视未受眷顾的人，而该多去帮助他们。

你做的每一个选择，都能让命运的齿轮重新开始转动。

对待生命你不妨大胆一点，

因为我们终究要失去它。

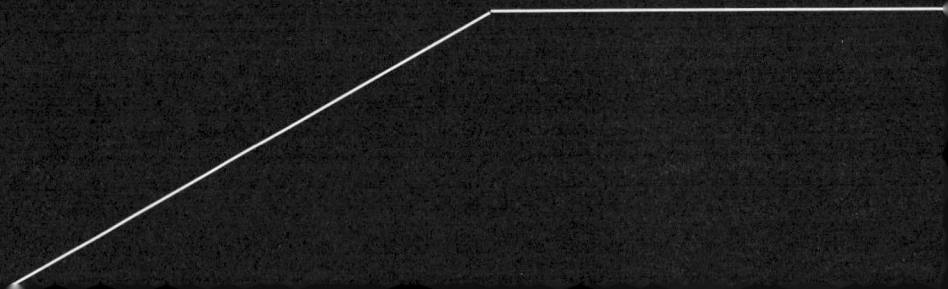

第二辑

把答案交给时间

01

纵有雨雪，人生可期

苏轼

跨不过是坎，跨过去是门

永远不要感谢苦难和让你受苦的人

你好吗？东坡先生，好久不见，我来到了你一生中最牵挂、最想回来的地方——四川眉山。

我站在你的家门口，看到你从小攀爬的这棵树，如今已亭亭如盖矣。你在这里出生、成长、求学，这里有你的父母，有你十年生死两茫茫的初恋，还有你为她栽种的三万棵松树。

公元 1037 年，你出生在小小的眉州城，当时你家门口的这条纱縠行还是一条专做纱线布帛买卖的街巷，你的母亲还在街上租了一个店铺经营，补贴家用。19 岁那年，你娶了 16 岁的王弗为妻。她没有想到，自己的丈夫有一天会光芒万丈。她跟着你一路进京，她看见你的文章在街上被传诵，她看见你成为北宋开国百年的第一才子。

21岁那年，你考中进士，可是母亲还没有听到你考中的消息就病逝了，你回到眉山为母亲守孝，整整三年。不到30岁，你又被朝廷征召，春风得意。可是刚刚办好手续，和你相伴11年的妻子王弗却撒手人寰。曾经的甜言蜜语犹在耳边，如今却已是阴阳两隔。第二年，你的父亲苏洵也去世了，你和弟弟苏辙护送两个人的棺椁回到人生旅程的起点——眉山。从此以后，再也没有人能够给你出谋划策，你将独自面对余生的颠沛流离。

三年守孝期满后，你回到开封。当时正值王安石变法拉开大幕，大宋帝国早已不是十年前的平和世界。你立刻"开炮"，反对变法。因为说错了话，你开始了流放生涯。黄州、惠州、儋州，一贬再贬。

东坡先生，你知道吗？在千年后的今天，很多人说要学习你的洒脱豁达，学习你如何与苦难和解。他们说苦难造就了你，使你成为苏东坡。可是他们忘了，你本可以不用经历这些苦难。

北宋开国以来，一直信奉一个原则：言者无罪。可是你依然到处树敌，非常孤独。只要你逢迎讨好，完全可以风生水起，平步青云，但是你甘愿自讨苦吃。你被贬那么多次，都不知道在朝堂上少说两句，撑完变法派，再撑保守派。因为你的人生原则是从道不从势，你只听从真理，不从皇帝，不从大势。正是你的较真，正是你永远不与现实苟合，正是你满肚子的不合时宜，才让自己一再被贬。

你并不是倒霉，你可以选择过上体面的生活，但是你自知后果，也选择随心。你知道自己的脾气，但就是不改。你在《上梅直讲书》里说了孔子被困陈、蔡的故事。孔子说："吾道非邪？吾何为于此？"弟子颜回道："夫子之道至大，故天下莫能容……不容然后见君子。"如果世界接受不了我们的理想，并不是我们的问题，而是世界的问题。

东坡先生，我脚下走过的土地，你在一千多年前也曾经走过吧？我很惭愧，和你相比，我很尿，我不敢和你一样高声地呼喊。我只敢装傻，把你的句子"此心安处是吾乡"当成自己得过且过的心灵鸡汤，与现实生活和解。而你分明在提醒我，所谓的豁达乐观，不是弱者的借口，而是强者的谦辞。永远不要感谢苦难和让你受苦的人，要感谢的是自己，感谢自己明知有些事情注定会失败，也依然选择全力以赴，因为良心不可以从众。

你曾做过一个特别长的梦，梦见自己和弟弟跟随父亲坐上小船，顺流而下，走出四川，回首看层峦叠嶂，你发誓要混出个样儿来，让母亲和妻子过上好日子。但后来你得罪了皇帝、宰相、大臣，只能灰溜溜地离开京城。当初夸奖你的那些人，如今恨不得再踩上几脚。你多想找一个人说说话。梦里，还是一样的松林，还是你美丽的妻，她还是16岁时的清秀模样，正在眉山老家的梳妆台前画眉、涂唇。梦醒时分，枕湿月明，你披衣而起，望着天上的明月，好像能看到千里之外的眉山，那里有父母和妻子的墓，那里有你再也回不去的故乡。你想起刚才的梦境，铺开宣纸，写了一首《江城子》：

十年生死两茫茫，不思量，自难忘，千里孤坟，无处话凄凉。纵使相逢应不识，尘满面，鬓如霜。　夜来幽梦忽还乡。小轩窗，正梳妆。相顾无言，惟有泪千行。料得年年肠断处，明月夜，短松冈。

"贤妻啊贤妻，我从未刻意地想起你，因为我从未忘记你。"回不去的不仅是故乡，还有时光。妻子王弗如果还在，一定会对你说，我爱你"春风得意马蹄疾"的少年模样，也爱你永不肯磨平棱角、永不妥协的样子，更心疼你的孤独和心酸。

跨不过去的是坎，跨过去就是一扇门

我又来到你流放之路上的最后一站——海南，你人生中最心酸的地方。

宋哲宗绍圣四年（1097），61岁的你被贬到儋州，据说在宋朝，最严重的罪罚就是满门抄斩，其次就是放逐儋州。你甚至已经安排好了后事，到了海南第一件事就是去做棺材。此时，你的爱妾朝云已经去世，弟弟苏辙也受你的牵连被贬雷州。你在岛上旧病复发，当时这里蛇虫出没，而你又被撵出住处，只能流落街头，过着食无肉、病无药、居无室的悲惨生活。

你在椰子树下搭了一个窝棚度日，岛上的黎族人常常来接济你，你的回报是教会他们种植水稻、开发香料。你在这里广收弟子，还教出了海南岛历史上第一位举人和第一位进士。你成了这座荒岛上的启蒙者，一个人可以改变一整座岛。

你给一位海南的学生姜唐佐写诗，但只写了前两句，你说要等他考中举人，就把整首诗给补全。东坡先生，你知道吗？姜唐佐后来真的考中了举人，可惜的是，他再也等不到你剩下的几句诗了。就在这一年，你结束了海南的流放生涯，去世于北归的路上。

在去世之前，你总结自己的一生，写下了几句诗：

心似已灰之木，身如不系之舟。问汝平生功业，黄州惠州儋州。

回首一生，你最想夸耀的并不是高居庙堂的辉煌，而竟然是你受贬谪的流离时光，这些流浪的日子成了你的黄金岁月。你这一生少年丧母，青年丧妻，中年丧子，被流放了大半个中国。你想不通，为什么自己总是不断地被流放？你不是科举殿试的第二名吗？甚至应该是第一名啊！是因为有些人觉得你的才华是他最大的障碍。你从没有想过你的潇洒竟会招来别人的恨，有人见不得你过得好。

被贬黄州后，你说："谁怕，一蓑烟雨任平生。"但你真的没有怕过吗？其实你是怕过的吧。当你被抓时，甚至两次投河自尽被衙役救起。而后你豁然顿悟，给自己起了个号——东坡，你从苏轼正式成为苏东坡。"莫听穿林打叶声，何妨吟啸且徐行。"被贬惠州时，你说："日啖荔枝三百颗，不辞长作岭南人。"结果皇帝读到这句诗很生气，明明是在处罚你、流放你，而你却吃荔枝吃得那么开心，就把你再贬到海南来。结果你到了海南，却说："眼前见天下，无一个不是好人。"可是明明朝堂上都是要害你整你的人哪。

东坡先生，我好想知道你是怎么做到如此豁达的，你知道吗？我总是调侃自己，明明懂得很多道理，却依旧过不好这一生。直到来到海南，想起你，我才突然明白，我其实并不是真的懂得那些道理，我只是听过、见过，让它经过，是你让我明白了怎样才能了悟人生。必须得在困难处，在至暗处，在人看不到的地方，在不顺意处，在处处。所谓门槛，跨不过去就是一道坎，而跨过去的就是一扇门。

今天我站在千年之后的海南，曾经吹拂着你的海风，如今也在吹拂着我，有一瞬间，我突然觉得，自己真的走错了好多路啊。在岁月的长河中，最不缺的就是遗憾。像东坡先生你这样的人中龙凤都举步维艰，我等鱼目又岂会一路顺遂。

我会永远记得你在海南写的这句诗："世事一场大梦，人生几度秋凉。"东坡先生，我想几乎每一个中国人都会在人生的某一个时刻与你相遇吧。

东坡，谢谢你来过，谢谢你让我明白，最终能拯救自己的，只有自己。

杨苡

人类全部的智慧，无非等待与希望

2022 年的冬天，我拜访了一位 104 岁的老者。她曾将经典名著《呼啸山庄》翻译成中文，至今仍广为流传。她是中国最后一位贵族小姐，被称为"南京文坛的老祖母"，她就是杨苡。

杨苡的同辈人中，在世的已寥寥无几。因为长寿，她几乎看到了所有人的结局。时代不是她的人生背景，她的人生就是时代本身。

杨苡生于 1919 年，父亲杨毓璋是民国时天津中国银行的首任行长，丈夫赵瑞蕻、哥哥杨宪益和大嫂戴乃迭均是著名的翻译家，姐姐杨敏如是古典文学大家，姐夫罗沛霖是院士。汪曾祺、杨振宁是她在西南联大的同学，沈从文、巴金是她一生的知己。

16 岁时，杨苡就和巴金成了至交。后来她认识了巴金的哥哥李尧林，她叫他大李先生。大李先生很喜欢音乐，于是有一阵子，每到下午，杨苡就会把房间里对街的窗户打开，利用留声机大声地放唱片，这是一个小女生和大李先生的秘密。大李先生每天都会经过这里，这音乐就是放给他听的。后来，杨苡考上了西南联大，她与大李先生相约在昆明见面，最终大李先生却并没有出现。回忆往事，杨苡说，大李先生是不是她的初恋，她不懂，但他曾是她心里的一盏灯。

在沈从文的建议下，杨苡就读了西南联大外文系。她的室友杜致礼后来嫁给了杨振宁，杨苡则被学长赵瑞蕻追求。在那个战火纷飞的年代，两人结了婚。

后来，杨苡在南京师范大学任教。她从不参加任何职称评选，不是教授，不是主任，不是研究员。她说自己就是一个干干净净的老师，她最喜欢别人称呼她老师。

特殊时期，杨苡默默承受了一切苦难。在她身上，我明白了什么叫作见过世面，那就是见识过最好的，也承受过最坏的。杨苡说，杨家人最骄傲的，是在任何突然来临的事故面前，甚至在劫难出现时，都能"卒然临之而不惊，无故加之而不怒"。她脸上常常挂着笑容，那是睥睨一切屈辱的骄傲。她说："人一定要让自己开心起来，凭什么让那些坏人开心。"或许正是这种心态的影响，杨家人都有着惊人的长寿基因，杨苡的母亲享年96岁，哥哥活到94岁，姐姐则活到了102岁。

2023年正月初六晚，杨苡仙逝了，享年104岁。

一个月前，我刚拜访过杨苡先生。当时，杨苡家门口的芭蕉树苍翠欲滴。尽管已经 104 岁，有人拜访时，她仍会描眉毛、涂口红。"白发戴花君莫笑，岁月从不败美人。"她的思维非常敏捷，说起话来中气十足，根本不像一位 100 多岁的老人，而且记忆力非常强，20 世纪的一些往事，连细节都记得很清楚。她的房间里没有任何奖状和证书，她嫌那些太俗，随处可见的是她珍藏的各种稀奇古怪的布偶玩具，墙上还挂了一句鲁迅的诗——"岂有豪情似旧时，花开花落两由之"。

　　本来约定春节之后再来看她，没想到这竟成为永别。曾经苍翠欲滴的芭蕉树，如今已全部凋零。拜访时，我曾问她，有哪些话想嘱托年轻人。杨苡引用了《基督山伯爵》里的一句话——"人类的全部智慧就包含在这两个词当中：等待与希望"。

　　我似乎听懂了她的话语。冬天又要来了，这片土地本来就不可能是四季如春的，与其祈求春天永远不要离去，不如想一想怎样面对风霜雨雪。对待生命你不妨大胆一点，因为我们终究要失去它。要忍，就忍到春暖花开；要走，就走到灯火通明。

　　"生如夏花之绚烂，死如秋叶之静美。"敬爱的杨苡老师，一路走好。

木 心

在我身上，克服整个时代

他是全中国最干净的男人，却曾经三次入狱。

他年近 80 岁才第一次写书，却成为爆红作家。

他终身未婚，生前默默无闻，死后却名声大噪，以他名字命名的美术馆成为全国最热门的美术馆之一。但很少有人知道，他曾参与人民大会堂主修设计。

他是 20 世纪第一位作品被大英博物馆收藏的中国画家，他写的小说与海明威的作品一起成为美国大学的教材，他就是木心。

他的一首《从前慢》，家喻户晓。

记得早先少年时

大家诚诚恳恳

说一句，是一句

清早上火车站

长街黑暗无行人

卖豆浆的小店冒着热气

从前的日色变得慢

车，马，邮件都慢

一生只够爱一个人

从前的锁也好看

钥匙精美有样子

你锁了，人家就懂了

　　木心原名孙璞，1927 年生于江南水乡乌镇的书香世家，家中厅堂摆放的都是宋朝的瓷器和明代的官窑。他先后师从刘海粟和林风眠先生，潜心钻研绘画。毕业之后木心成了一名美术教师，可他却主动辞职，放弃优渥的生活，钻进人迹罕至的莫干山，隐居六年。在山里，他画画、写字，不为发表，不求成名。

　　没想到，下山之后迎接他的却是十年漫长的磨难。木心几度入狱，他所有作品皆被烧毁，三根手指惨遭折断，吃潮湿发霉的食物，饭菜上面爬满了苍蝇。他用写"坦白说"的纸笔，写出了洋洋洒洒65 万言的文学手稿。他手绘钢琴的黑白琴键，在暗无天日的囚牢里，无声地弹奏着莫扎特与巴赫。

出狱之后的木心，偌大的家没有了，姐姐死了，母亲也死了，年过半百的他在这茫茫的人世间孤独无依。但木心没有怨恨，没有涕泪控诉。他说，"不知原谅什么，诚觉世事尽可原谅"。

晚年的木心，眼神依然明亮澄澈，从中看不到任何沧桑和苦难的烙印，这双剔透干净的双眸是睥睨一切屈辱的骄傲。他说，我不能辜负艺术对我的教养，我是一个在黑暗中大雪纷飞的人。

1978年，上海市手工业局局长胡铁生惊讶地发现，每天在工厂里打扫厕所的木心竟然是一个绘画和文学的天才，便让木心做了杂志主编。

就在人生终于迎来转机的时候，木心却出乎所有人意料地选择了出国。他痛心地看到，一个个有志青年都"熟门熟路"地堕落了。自以为练达，自诩为精明，却变成了少年时最憎恶的那种人。他说，我要在我的身上克服整个时代。

在美国，木心辛苦地以卖画为生，即便生活再艰难，他也活得很有尊严，自己裁剪制作衬衣、大衣，自己设计制作皮鞋、帽子，把鸡蛋做出十二种吃法。他说，无论生活多么辛苦，一定要把自己收拾得干干净净的，尽量省出一点小钱慰劳自己，吃了再多苦头，也要笑着活出人的样子。

在海外生活的时候，他发现当时留美的很多青年艺术家竟然对文学一无所知。于是他用五年的时间义务为一群留美的学生讲述世界文学史。没有教室，没有课本，大家就围坐在木心周围，听他讲授。后来，陈丹青先生把自己的听课笔记结集为一本书:《文学回忆录》。他说，这是木心留给这个世界的礼物。

陈丹青先生曾经这样评价木心：你不遇到他，你就会对这个时代的很多问题习以为常，可等到这么一个人出现，你跟他对照，你就会发现我们身上的问题太多了，我们没有自尊，我们没有洁癖，我们不懂得美，我们不懂得尊敬。

有人曾经问木心，怎么才能成为艺术家？木心的回答是连生活都要成为艺术。后来，木心的画作受到了世界的认可，大英博物馆、哈佛大学专门收藏他的作品，他的画作举行全美巡回展览。与此同时，国内却从来没有人听说过木心的名字。

2011 年，木心在乌镇去世，享年 84 岁。木心去世 4 年之后，他的美术馆正式开放。他曾说，你再不来，我就要下雪了。但穷其一生，他都没有能够等来那个爱着的人，却在垂垂老矣的暮年，等到了世人迟来的认可。

保存葡萄最好的方式就是把葡萄变成酒，保存岁月最好的方式就是把岁月变成诗篇和画卷。时代的大浪将无数理想碎成粉尘，但木心既没有被毁灭，也没有自我毁灭，他是极少数能够保全自己的人。如他所说，岁月不饶人，我亦未曾饶过岁月。

柳宗元

千万孤独，人生且徐行

　　唐朝最孤独的一位诗人——柳宗元。他有这样一首诗，《江雪》：

　　千山鸟飞绝，万径人踪灭。孤舟蓑笠翁，独钓寒江雪。

　　你有没有发现，每句话的第一个字连在一起，就是千万孤独。

　　写这首诗时，柳宗元32岁，这是他人生中非常重要的一个分水岭。32岁之前，他可谓春风得意。20岁中进士，23岁任校书郎，25岁授集贤殿书院正字。32岁他革新失败，被贬永州，而参与革新的所有志同道合的朋友全部被贬。他带着家人来到永州，在永州待了整整10年。从32岁一直到42岁，46岁他就病逝了。也就是说，他整个人生最重要的10年，都是在永州度过的。

　　柳宗元想必也是迷茫的。人生漫漫，他该何去何从呢？还能回到长安吗？还能去振兴家族门楣吗？他不知道。他写了很多信给曾经的同僚，希望他们能够帮他一把。但当时的世道原本就是锦上添花容易，雪中送炭难，没有落井下石就已经很不错了。这个时候的柳宗元处境艰难，身边人全部都要依靠他，而没有一个人是他可以依靠的。他不想低头，不想认输，也不想承认自己错了。可生活的重担，沉甸甸地压在他的肩上，要怎么背负，怎么喘气呢？

更可悲的是，永州的气候并不好，年迈的母亲很快就离世了。在这种恶劣的环境里，他体弱多病的女儿也离世了。更让人伤心的是，与他感情深厚的妻子也病逝了。柳宗元在悼文里面写，恨不得与妻子"之死同穴，归此室兮"。更要命的是，家里面还发生了一场大火，房子全被烧毁。柳宗元跌跌撞撞，从窗户逃了出去，才捡回一条性命。

人到中年，丧父丧母，丧妻丧女，柳宗元一无所成，一无所有。那天大雪纷飞，冷风刺骨，他独坐一叶扁舟之上，开始垂钓。这么冷的天，鸟都飞尽了，人都走散了，他还在钓什么呢？他能钓到什么呢？不过30多岁，他却已是满头白发，自称老翁。他多想拎着两条鱼走进温暖的小木屋，里面有红泥小火炉，还有家人的笑容，但这一切都不存在了。

在永州熬了整整10年后，柳宗元才被召回长安。结果不到一个月，他的好友刘禹锡被贬播州，柳宗元受到牵连，也被贬到柳州。

柳宗元给皇帝写信说，刘禹锡还有一个老母亲，去播州路途遥远，他的母亲恐怕会吃不消，让我和他换一下吧。因此留下成语——以柳易播。皇帝也被感动了，给刘禹锡换了个地方，让柳宗元继续去柳州。

临别前，柳宗元赠诗给同样流离的刘禹锡：

十年憔悴到秦京，谁料翻为岭外行。
伏波故道风烟在，翁仲遗墟草树平。
直以慵疏招物议，休将文字占时名。
今朝不用临河别，垂泪千行便濯缨。

刘兄，我能为你做的也就仅此而已了，你不用再送我了，我的泪水已经洒满了长河。

柳宗元慨叹，我姓柳，最终亦被贬到柳州，或许这就是宿命吧。他在柳州做了很多好事，四年之后却匆匆离世了。

这就是柳宗元孤独的一生，纵使千万孤独，人生还得继续下去。

陆家羲

谁终将闪烁，必先长久漂泊

他是中国最悲惨的天才数学家，仅有中学文凭的他，却攻克了世界上百年难解的数学难题。

他被国际学术界奉为大师，却在 48 岁就离开了人世。

他去世 6 年之后，国家为他补发了荣誉奖章。他与梁思成等院士一起获奖，成为我国唯一获得国家自然科学奖章的中学教师。

他叫陆家羲。他的悲剧，值得我们每一个人深思。

1935 年，他出生在上海一个贫苦的家庭。17 岁时，他以统计训练班结业第一名的成绩被分配到哈尔滨电机厂工作。他利用业余时间自学英语、俄语和日语。在 22 岁这一年，他遇见了一本书，叫《数学方法趣引》。他做梦也没有想到，这本薄薄的小书，竟然会彻底改变他的一生，为他带来遗憾、光荣、屈辱和死亡。

书中的科克曼系列数学难题，早在 1850 年就被提出，但是 100

多年来悬而未决。当时陆家羲的心中萌生了一个念头：我想要攻克这个世界难题！只有初中文凭的他辞去工作，全靠自学考入了大学物理系，仅靠一支笔几张纸，经过5年的努力，26岁的他终于攻克了这个世界数学难题。1961年，他把论文寄给中国科学院数学研究所。一年的等待，中科院没有任何回复。1963年，他把论文投给《中国数学通报》。又是一年的等待，依然没有结果。1965年，他把论文投给《数学学报》。他等了一年，等到的却是论文被退回的消息。他耗费多年心血的研究成果就这样一次次被忽视。

1971年，意大利的数学家向全世界庄严宣布，科克曼系列难题被意大利数学家给解决了，意大利人将永远引以为傲。直到1979年，当陆家羲在学术杂志上看到意大利的学术文章时，他崩溃发狂，号啕大哭。要知道，意大利数学家的证明比他晚了10年，但比他的论文先问世8年。

但陆家羲并没有因此一蹶不振，而是很快抬起头，望向数学王国的另一座高峰——斯坦纳系列，那是与哥德巴赫猜想齐名的另一个世界级数学难题。

1980年，他终于完成了斯坦纳系列论文。但是他的论文寄到北京之后，再次石沉大海。1984年，一次很偶然的机会，他的论文被苏州大学的朱烈教授看到，朱教授建议他把论文直接寄给世界权威期刊《组合论》。他把相关的6篇论文寄到了美国，仅仅不到一个月的时间，他就收到了全部回信。多伦多大学的门德尔松教授在信中写道，这是世界上20多年以来组合设计方面最大的成果之一。

捧着这一页信纸，他闭上眼睛，紧抿着嘴唇，泪水无声地落下。陆家羲的名字从此响彻西方数学界。

1983年，有关单位向门德尔松教授团队发出邀请，邀请他们到中国讲学。他们非常惊讶地问道："请我们去讲组合数学，可你们中国不是有陆家羲博士吗？"而此时大家完全不知道陆家羲是谁，调查一番才发现原来是内蒙古包头市第九中学的一名老师。

陆家羲的学术成果传回国内之后，全国多所顶尖大学争相邀请他去担任教授。1983年，陆家羲是唯一以中学教师身份参加了武汉举办的中国第四届数学年会的学者，在会议结束回到家后，疲惫的他一头倒在土炕上，便再也没有醒来，依然穿着那双露着脚趾头的鞋，一句遗言都没有留下，只留下了15箱书和400多元外债。

1984年，曾经拒绝过陆家羲的《数学学报》，终于全文刊发了他于23年前投出的那篇关于科克曼系列问题的论文。1987年，陆家羲的斯坦纳系列研究成果被评为国家自然科学奖一等奖，妻子代表他前往北京领奖，他成为我国唯一获得国家自然科学奖的中学教师。

陆家羲走得很不甘，走得很憋屈，这个宛如流星一样划过天际的数学天才，在短短48年的人生中，经历了无数的挫折与奋斗。

他解开了世界性的数学难题，但给我们留下了一道更难解的现实问题，那就是，为什么会出现陆家羲的悲剧？尼采曾经说过：谁终将声震人间，必长久深自缄默。

张幼仪

人生，从来只靠自己成全

她是民国第一个被离婚的女人，也是后来名震上海滩的商业女强人，她就是徐志摩的原配妻子——传奇女子张幼仪。

1900年，张幼仪出生于江苏世家大族。15岁辍学，应父母之命，媒妁之言，她嫁给了徐志摩。新婚之夜，第一次见到丈夫，徐志摩只冷漠地说了一句"乡下土包子"。婚后不久，徐志摩就拜梁启超为师，外出求学，夫妻两人开始了异地生活。张幼仪知道丈夫嫌弃自己，就请了家庭教师，每天学习英语、地理、中文、历史，希望有一天可以与徐志摩平等交流。可此时，徐志摩却疯狂地爱上了另一个女人，林徽因。

1918年，18岁的张幼仪为徐志摩生下第一个孩子。两年后，徐志摩追随林徽因，踏上了前往英国的轮船。他完全忘了自己还有妻子和孩子正在故乡盼着他回去。为了照顾徐志摩，张幼仪不远万里去英国陪读，但是轮船刚刚抵达伦敦的港口时，她就意识到自己错了。在密集的人群中，她一眼就认出了丈夫，那是一张极为不耐烦的脸。徐志摩面对旁人都是笑意盈盈，唯独面对张幼仪，脸上写满了反感与厌恶。

刚到英国，徐志摩做的第一件事就是带着张幼仪去商场，让她将身上的旗袍和布鞋换成洋裙、丝袜和皮鞋。徐志摩夸林徽因是灵魂伴侣，说陆小曼是整个宇宙，而对老婆张幼仪却说，她是乡下土包子。他们在英国没有收入，生活非常拮据，大家庭出身的张幼仪不得不学着操持家务，准备一日三餐，并写信让自己的父母汇款。

可最煎熬的，是徐志摩对她的冷漠。张幼仪来英国几个月之后，再次怀孕了。徐志摩漫不经心地让她把孩子打掉。张幼仪说，我听说有人因为打胎而死。徐志摩冷冷地说，还有人因为坐火车死掉，难道你看见人家不坐火车了吗？产期渐渐临近，徐志摩却突然不告而别。张幼仪一个人挺着大肚子在异国他乡，内心十分痛苦孤独。不久之后，张幼仪等来的是徐志摩的离婚协议。

离婚之后，徐志摩春风得意，他在报纸上高调地发表离婚公告，欢喜之情溢于言表。当时，梁启超先生评价徐志摩，我生平从未见过如此缺乏同情心之人。

后来，徐志摩和才女陆小曼结婚了。另一边，张幼仪年仅3岁的小儿子却在遭受病痛折磨之后离开了人世。丧子之痛，使得张幼仪陷入巨大的绝望，她没有了丈夫，又失去了儿子。孤苦无依地漂泊在异国他乡。可她反而什么都不怕了，她已经没有什么可以再失去的了。

苦难差点儿摧毁了她，可苦难也终于重塑了她。在德国时，张幼仪曾一边独自抚养孩子，一边刻苦学习德文，并进入菲斯塔洛齐学院攻读教育学。1926年，张幼仪回国，成为上海东吴大学的德文教师。两年之后，又出任上海女子商业储蓄银行的副总裁，凭借着过人的商业头脑力挽狂澜，让银行起死回生，这让她在整个金融界名声大噪。

与此同时，张幼仪还经营着中国第一家时装品牌公司——云裳服装公司。由于设计前沿、款式新颖，云裳的服装几乎成为上海滩时尚的代名词。张幼仪从一个弃妇摇身一变成了商业女强人。当初被嫌弃的土包子成了上海滩的时尚先锋。

徐志摩与陆小曼婚后和徐志摩的父母同住。仅仅一个月后，徐家父母竟然跑到上海投奔张幼仪。无论如何，在徐志摩父母心中，张幼仪始终是他们唯一的儿媳。而张幼仪也从未辜负这份情意，不管徐志摩待她多么冷漠、多么不堪，她还是一如既往地照顾徐家父母。在徐母病重时，以义女的身份操持徐家家务。

1931年，徐志摩因飞机失事遇难，陆小曼没有勇气前往认尸，张幼仪便带着儿子赶到现场，料理徐志摩的后事。张幼仪还精心策划出版了徐志摩的诗集，让他优秀的作品得以流传百世。她还按月给陆小曼寄钱，直到陆小曼终老。

张幼仪做了她能做的一切，以善良与伤害和解，以不折不挠对抗命运的不公，而上天也给予她回报。1953年，张幼仪终于找到了一个全心爱着她的男人，苏纪之。他们举行了盛大的婚礼，两人斑斑白发，携手相扶，走完了一生。晚年的张幼仪享受着子孙绕膝的天伦之乐，幸福地活到了88岁，在睡梦中安详离世。

没有林徽因的才情，没有陆小曼的风情，张幼仪却能在悲凉的人生底色上完成一场向死而生的华丽逆袭，成为后世女性所景仰的典范。

每个人都会经历至暗时刻，在人生的最低谷，我们身旁常常空无一人。要跋涉出黑暗，寻找光明，就必须锻炼出一颗强大而无所畏惧的心。张幼仪做到了，她的人生也因此柳暗花明。她用倔强和坚强生动地演绎了一个道理：人生，从来都只能靠自己成全。

周有光

人在低谷，要把自己收拾体面

你可能不认识他，但中国有十几亿人用过他的发明，他把一辈子活成了别人的好几辈子。

他经历了清朝、北洋、民国、新中国四个时期，被称为"四朝元老"。

他曾与爱因斯坦一起喝咖啡，与溥仪一起看戏，还听过周杰伦的演唱会。

他是宠妻狂魔，让妻子成为近代史上最幸福的女人，90多岁还和爱人甜蜜拥吻。

医生说，他活不过35岁，但他却活到了111岁。

他经历了中国近代以来所有重大的事件，最大的贡献就是让普通人拥有了说话的权利——

他就是被誉为汉语拼音之父的周有光。

1906 年，周有光生于常州青果巷。19 岁时，他遇见了才女张允和。张允和是合肥张家四姐妹中的二姐。大姐张元和嫁给了昆曲家顾传玠，三姐张兆和嫁给了文学家沈从文，四妹张充和嫁给了汉学家付汉斯，张允和是四姐妹中最漂亮的，被人夸赞"年轻时她的美，怎么想象也不会过分"，而且张允和的书法很漂亮，写得一手精致的小楷。

周有光就怕张允和嫌弃自己。他说，二姐，我很穷，恐怕不能给你带来幸福。但张允和坚定地说，幸福不是你给我的，是要我们一起去创造的。更为难得的是，张允和的父母思想开明，支持他们自由恋爱。张允和的父亲就说，婚姻是儿女自己的事情，父母不用去管。1933 年，两人举行了婚礼，从此开始了长达 69 年的婚姻旅程。

抗战爆发后，周有光带着妻儿，四处逃亡，艰难求生。由于战争影响，周有光不在妻子身旁，张允和便是名副其实的家庭主心骨。在逃亡的路上，他们的女儿不幸染病夭折。儿子也被流弹击中，肠穿六孔，奄奄一息。张允和以一个弱女子的身躯，全心照顾儿子和双方父母，勇敢地挑起了整个家庭的重担。抗战期间，光是举家搬迁就有三十余次。

新中国成立之后，为了普及文字，周有光主持制定了汉语拼音正词法基本规则，如今中国的文盲已经几乎消失，这在很大程度上要归功于他。他曾说，我最大的贡献就是通过汉语拼音，让普通人拥有了说话的权利。同时，他也被誉为最敢讲真话的学者，他说，教育最大的目的就在于唤醒自由之思想，独立之人格。

后来，周有光遭遇了极其不公正的待遇，张允和又被诊断患了心脏病，医生断言她绝对活不过 50 岁。在几乎要绝望的日子里，夫妻二人相互扶持。为了自救，张允和给自己定下了三不原则：

第一，不拿别人的过失责备自己；

第二，不拿自己的过失责怪人家；

第三，不拿自己的过错惩罚自己，希望余生快乐地生活下去。

周有光则说，人越是在低谷时期，越是要把自己收拾得体体面面。

不管日子多难，夫妻俩每天都要喝下午茶。这个习惯一直持续了几十年，直到张允和去世前夕，两人每天都满怀仪式感地去碰杯。

90 岁时，妻子张允和依然梳着一条精致的辫子，用撒娇的语气问周有光，你看我好看吗？周有光总是满脸欢笑地说，好看，好看。在周有光心里，从青春到暮年，妻子张允和永远是最美的女人。

2002 年，93 岁的张允和离世。从此，周有光就再也没有在卧室里睡过，每晚他都独自睡在书房的沙发上。挚爱已去，独留他在人间空思念。2017 年，111 岁的周有光也离开了这个世界。

就如他的名字一样，知识分子永远不要妥协、不要讨好，要相信光明，要相信总有一束星光会穿透世间所有的黑暗。有光，一生一世有光。

束星北

历尽千帆，不坠青云

他是物理学界的才子，被誉为中国的爱因斯坦。

他在抗战期间研制出我国第一部雷达，成功阻击了日军的空袭。

他的学生李政道获得了诺贝尔奖，他却半生蹉跎，但仍旧不灭对物理学的热情。72岁时，仍然用纸笔演算出导弹回收公式，助力我国发射第一枚洲际导弹，他就是束星北。

束星北，1907年出生于扬州。19岁时，他赴美留学，此后又在爱丁堡大学、剑桥大学和麻省理工学院深造。

由于束星北在物理学方面有着惊人的天赋，20岁时，他成为著名物理学家爱因斯坦的研究助手。爱因斯坦邀请束星北毕业之后继续留在美国，但束星北说，对不起，我要回到我的祖国。

1931年，束星北正式拒绝爱因斯坦的邀请，回到国内。抗战期间，为了防止日军空袭，束星北历经十多年，研制出中国第一部雷达设备，被誉为中国雷达之父。他先后培养出了李政道、程开甲等众多大师级的物理人才。束星北还给自己的后辈定了一个规矩，孩子们可以出国留学，但学成后一定要回国效力。

然而，在20世纪50至60年代，束星北先被调到水库当工人，又被调到清洁工岗位，每天负责扫厕所。由于没有纸笔，他用树枝把演算公式写在雪地上，把满腹的学识讲述给苍天和工人。

1972年，他的学生、诺贝尔奖获得者李政道回国，国家希望他能够多引进一些国外的物理学人才。李政道说，哪里需要到国外去找？国内就有很多人才。比如我的老师束星北。可是他哪里知道，此时的束星北已经扫了十多年的厕所。

1978年，束星北终于恢复了身份和工作。可是他再也无法回到深爱的物理学岗位，而是被分配到了海洋研究所。他毕竟是一个罕见的天才，不到一年的时间，竟然写出了十几篇论文，他也成为海洋学的奠基人之一。1979年，我国研发洲际导弹需要计算弹头打捞的时间公式，举国上下找不到一个专家能够解决。当时72岁的束星北老人仅靠手里的一支笔、一摞纸就完成了这项任务，而且事后分文未取。

在历经挫折和打击后，别人都替他委屈，但他却说，我没有时间忧伤，我要在仅剩的时间里，把我的学识尽可能地留给后人。1983年，他自知大限将至，决定捐出自己的遗体。可当他去世之后，医学院当时正在进行体制改革，他的遗体竟然被医学院给遗忘了。半年之后，当人们终于想起他时，遗体已经高度腐烂，两个学生还随意地把他的尸体掩埋到了学校的操场。

　　侠之大者，为国为民。束星北，一束曾经灿烂却不幸陨落的星光，为他惋惜，也向他致敬。愿这个时代可以不辜负每一束星光。

王世襄

只要活得长，定能笑到最后

他为国家追回了 2000 多件珍贵文物，从日本讨回了大量中国古籍，却被故宫开除。故宫想调他回来，被他断然拒绝。

被抄家、被羞辱，他却苦中作乐，抱着玩的心态，玩出了大学问，成为京城第一玩家。

他靠自学成才，成为一位百科全书式的文物鉴定收藏大家。86 岁时，他写成了一本奇书——《锦灰堆》，成为文物收藏鉴定者的必读书。他就是王世襄先生。

王世襄是真正的豪门之子，和他家比起来，今天的很多豪门都只能算旁门。他的伯祖是晚清状元，父亲留学法国，是北洋政府国务院秘书长，母亲留学英国，是著名的花鸟画家。王世襄从小学习经史诗词，也讲得了一口流利的英文。10 岁，他开始养鸽子、养蝈蝈、养蟋蟀、驯鹰、提笼架鸟，是位十足的公子哥。

1941年，王世襄从燕京大学硕士毕业，是年冬加入了营造学社，与梁思成、林徽因一起保护、考察中国古建筑。后来，他拒绝了美国匹兹堡大学的高薪聘请，出任故宫博物院的科长，接着又出任故宫陈列部主任。

王世襄冒着巨大的风险，从德国人的库房里抢救回了200余件中国青铜器，从美军处追回了一批宋元瓷器，抢救了长春存素堂中面临战火威胁的丝绣200余件，接收了溥仪保险柜中的珍贵文物1800余件。他还专门前往日本，费尽周折追讨回107箱被劫掠的中国古籍善本。

在这些日日夜夜里，王世襄为追回中国文物奔波忙碌。可后来，他不但没有受到表彰，反而蒙受了长达25年的不白之冤。因为莫须有的罪名，王世襄被关押了10个月，每天戴着手铐脚镣。在监狱里，王世襄不叫王世襄，叫"囚犯38号"。每当点名，他必须高声喊"到"，否则就是一顿毒打。结果怎么查也查不出这个人究竟犯了什么罪。10个月之后他被无罪释放，却因此染上了肺结核，而且被告知已被开除公职，可自谋生路。

事后，故宫想调回王世襄，被他断然拒绝。王世襄先生从未说过诋毁故宫的话，但他的内心很悲凉，一生视文物为生命的他，曾立志要把故宫建设成世界一流的博物馆，却被无端猜疑，最后被撵出故宫。

故宫开除了王世襄，却逼出了一位独一无二、百科全书式的文物收藏研究大家。离开故宫之后，王世襄每天起早贪黑，研究并收藏明清家具、鸽哨、竹刻、葫芦等，他每天骑着一辆破旧的自行车，走街串巷收藏古玩。他甚至赢得了"京城第一玩家"之美誉：玩蟋蟀，编成了蟋蟀谱的百科全书；养鸽子，编成了一本《明代鸽经清宫鸽谱》；他著作的《明式家具珍赏》，又填补了中国人研究明式家具史的空白。

特殊时期，王世襄经历了被抄家的羞辱，他收藏的古玩字画、图书、家具全被搜刮一空。在遭遇各种不公平的对待时，是他的妻子始终陪伴着他。他的妻子袁荃猷毕业于燕京大学教育学系，是著名的古琴艺术家，夫妻二人一直同甘共苦，总是提醒对方，无论如何，要咬紧牙关挺过去。

后来，王世襄成为中国第一位获得荷兰克劳斯奖章的学者。颁奖词是：如果没有王世襄，一部分中国文化还会永远处于被埋没的状态。夫妻二人决定，把数百万元的奖金全部捐赠给希望工程。

2003年，妻子去世，王世襄悲痛欲绝，在他著名的《锦灰堆》这本书里面，每一句都是对妻子的亏欠。他把妻子的东西全都拍卖捐赠了，只有一件东西保留着，那就是他与妻子一起买菜用的提篮。他说，等到自己百年之后，要请人把这个提篮放在墓里，就仿佛他们两个人又如曾经一般一起拎着这个提篮去买菜了。

2009 年 6 月，文化部（现文化和旅游部）、国家文物局授予王世襄"中国文物博物馆事业杰出人物"荣誉称号，而此时先生躺在医院的病床上，已经无法亲自接受任何荣誉了。2009 年 11 月 28 日，王世襄逝世，享年 95 岁。

这位穷其一生玩得专心致志、玩得如痴如醉、玩得忘乎所以的老人兴尽而去了。他说，我不论受到何种冲击，甚至是无中生有的污蔑，我坚决要求自己坚强，只要活得长，一定能笑到最后。

02

相守相离，都是爱情

白居易

我有所念人，隔在远远乡

我有所念人，隔在远远乡。我有所感事，结在深深肠。

这是一首著名的思念之诗，人们常用它来缅怀亲人与故乡。其实，它的背后还隐藏着一份情深刻骨的爱而不得：

虽然我跟你结婚了，但是对不起，我的心里一直爱着另一个人。

说出这句话的，是唐朝诗人白居易。19 岁时，白居易爱上了一个女孩儿——湘灵。湘灵长得如花似玉，两人你侬我侬。但当时的门第观念十分严格，湘灵只是符离城外的一个农家女，两人门不当户不对，这段感情便被白居易的母亲给拆散了。

不得不和湘灵分别时，白居易写下这样的诗句：

不得哭，潜别离。不得语，暗相思。两心之外无人知。

但是，白居易和湘灵还是会偷偷幽会。为了彻底拆散他们，白居易的父母干脆决定举家搬迁。白居易却每天深深地思念着湘灵。25岁那年，他给湘灵写了一封信：

愿作远方兽，步步比肩行。愿作深山木，枝枝连理生。

30岁时，白居易终于科举高中，衣锦还乡。他以探亲的名义带着母亲重回符离，并恳求母亲让他娶湘灵为妻，却被母亲无情拒绝。

原来，人生中最痛苦的并不是死别，而是生离。于是，他写下了《生离别》：

生离别，生离别，忧从中来无断绝。忧极心劳血气衰，未年三十生白发。

后来，白居易官至校书郎，搬到了长安。一个在长安，一个在符离，白居易知道，此生再难有机会见到湘灵了。直到快40岁，白居易仍在拒绝很多上门提亲的贵族，他在古代属于大龄单身青年了。在母亲以死相逼之下，白居易不得不娶妻成家，但是在结婚当天，他对妻子说，虽然我今天娶了你，但是我必须老实地对你说，我很对不起你，我的心里一直住着另一个人。他写下：

> 我有所念人，隔在远远乡。
>
> 我有所感事，结在深深肠。
>
> 乡远去不得，无日不瞻望。
>
> 肠深解不得，无夕不思量。
>
> 况此残灯夜，独宿在空堂。
>
> 秋天殊未晓，风雨正苍苍。
>
> 不学头陀法，前心安可忘。

没承想，老天却总是在捉弄人。多年后，白居易蒙冤，被贬江州。在一次宴会上，他发现了一对卖唱的父女。他惊讶地看着眼前这位琵琶女，她让他突然想起了自己心心念念多年的湘灵。当晚，白居易便写下了著名的《琵琶行》：

> 我闻琵琶已叹息，又闻此语重唧唧。同是天涯沦落人，相逢何必曾相识。

当时是战乱年代，白居易在人群中到处寻找湘灵，却怎么也找不到。他夜行八百里，赶回符离，冲到湘灵家里，发现家中的家具都尚且完好，独不见湘灵的身影。他悲痛欲绝，写下诗句：

欲入中门泪满巾，庭花无主两回春。轩窗帘幕皆依旧，只是堂前欠一人。

人生最痛苦的，就是"求不得"三个字。因为在我们心里，大都住着一个求之不得的人。

李清照

物是人非事事休，欲语泪先流

清照，我来到了你人生中最让你伤心的一座城市，这是你丈夫赵明诚去世的地方，南京。

公元 1129 年秋天，赵明诚在南京病危，你跋涉三百里，赶来为明诚送终。你对他说，明诚，你放心，我决心与文物共存亡。清照，人们都说你是个诗人、才女，但很少有人知道，你其实还是中国最早期的考古学家。你和明诚把毕生的心血都用来守护国宝文物。金兵南下，皇帝都成了俘虏，为了保护文物，不让这些珍贵的文物被战火焚毁，你将数万件文物装了 15 车，悄悄往南方迁移。中国最悲壮的第一次文物南迁就是用你瘦弱的肩膀扛起来的。

在南渡的路上，赵明诚要进京赴任，你送他到江边。赵明诚已然上船，你却突然有很不好的预感，对着船上大声地喊道：明诚，如果局势紧张怎么办？赵明诚站在船头无奈地说道：跟随众人，实在万不得已，先丢掉包裹箱笼，再丢掉衣服被褥，然后丢掉书册卷轴，最后丢掉古董，只是那些宗庙祭器、礼乐之器是你我毕生的心血，必须抱着、背着，与自身共存亡，勿忘之。

接下来的 27 年，你带着这些沉重的金石文物和赵明诚临终前沉重的嘱托，南逃北躲，流离失所，文物字画被人抢、被人偷、被人骗，甚至被骗婚。在临安你遇见一个主动示好的男人——张汝舟，走投无路的你选择改嫁，只为给自己找一个依靠。但这个张汝舟明明就只是看上了你的文物字画，婚后你经历了家暴、被抢夺财产。忍无可忍的你借由状告张汝舟当年科考作弊，才脱离苦海。可在宋朝不论是谁的过错，凡妻告夫，妻都得坐两年的牢。50 多岁的你，可怜得身陷牢狱。

你一生漂泊，晚年时，身边除了残存的少数文物字画，无儿无女，一无所有。你自己也很感慨，"何愚也耶"。就是自问道，清照，清照，你这样是多么傻，你 27 年辗转流离失所，受尽世人的欺凌、侮辱、嘲笑以及命运的不堪，只为护住这最后的几件文物、书册、字画，你该是多么傻！

一个深秋的傍晚，你看着满地的黄花，写下"寻寻觅觅，冷冷清清，凄凄惨惨戚戚"。你寻觅的是什么呢？假若他年相见，明诚还会认出如今白发苍苍的你吗？"云中谁寄锦书来，雁字回时，月满西楼。"大雁总是排成人字形，雁字回时，其实就是说你心中等待着的那个人，回来了。他回来了吗？可你寻寻觅觅的结果却只有冷冷清清，凄凄惨惨戚戚。

当年，你和赵明诚一起在兵荒马乱中写成的《金石录》，如今依然是中国考古学的奠基之作。你在书里面宽慰自己："有有必有无，有聚必有散，乃理之常。人亡弓，人得之，又胡足道！"那是宽慰自己，有得到就终究有失去，我这与文物共存亡的人生悲惨命运又何足道也。

独自守着窗儿。从早晨醒来你摩挲着《金石录》、与明诚题过的字画，从寻寻觅觅到三杯两盏淡酒，到眼看大雁南飞，再到眼见黄花堆积；到黄昏，再到夜晚，多么漫长的一天，有谁能陪一陪晚景如此凄凉的易安居士呢？其实又岂止这一天，自从明诚走后的每一天，你都要独自面对这荒凉的人世间。

清照，当你老了，头发白了，回忆青春，多少人曾爱慕你的美丽，假意或真心，只有一个人还爱你虔诚的灵魂，爱你苍老的脸上的皱纹，只是最爱你的那个人，已不在人世了。晚年的你一个人在炉火边过着孤独的孀居生活。70岁出头时，在病痛中凄惨地死去。

清照，你知道吗？如今在水星上有一座环形山，就是以你的名字命名的。每当秋天到来，我总会想起你，抬头看一看星空，清照，雁字回时，月满西楼。

陆 游

山盟虽在，锦书难托

比生离死别更痛苦的，是别后重逢。

年少时，宋朝诗人陆游和表妹唐琬青梅竹马。后来，他也如愿娶了唐琬为妻，却在母亲的强烈干涉之下，不得不休唐琬。作为古代女性，唐琬承受着巨大的心理压力，最终选择了改嫁。

时隔十几年，陆游来到浙江绍兴的沈园。在园林里，他突然看见了一个十分熟悉的身影，那人便是他十年前休掉的妻子，唐琬。而此时，唐琬已成了别人的妻子。唐琬从容大方地向丈夫介绍了自己的前夫陆游，还向陆游敬了一杯酒，然后两人便一同转身离开了。

陆游一个人呆呆地站在沈园里面，看着曾经的妻子的背影，看着她挽着另一个男人离开自己。他再也控制不住自己的情绪，十年相思之情喷涌而出，由此写下了《钗头凤》：

红酥手，黄縢酒，满城春色宫墙柳。东风恶，欢情薄。一怀愁绪，几年离索。错、错、错。

春如旧，人空瘦，泪痕红浥鲛绡透。桃花落，闲池阁。山盟虽在，锦书难托。莫、莫、莫！

当年的海誓山盟依然记在脑海，而此刻，虽然你就在我眼前，我写满相思的情书，却再也无法向你送达。

一年后，唐琬自己一个人也悄悄地来到了沈园。作为回应，她也写了一首《钗头凤》：

世情薄，人情恶，雨送黄昏花易落。晓风干，泪痕残。欲笺心事，独语斜阑。难，难，难！

人成各，今非昨，病魂常似秋千索。角声寒，夜阑珊。怕人寻问，咽泪装欢。瞒，瞒，瞒！

陆游的三个"错"中，满载他十多年来内心的绝望，唐琬回应的三个"瞒"则更哭诉出一个女子的无奈与悲凉。写完这首词不久，唐琬就离开了人世。

多年过去，陆游一直深深地怀念着唐琬。75岁那年，陆游再次来到沈园，写下诗篇：

城上斜阳画角哀，沈园非复旧池台。伤心桥下春波绿，曾是惊鸿照影来。

人只有最伤心的时候，才会把眼前的桥叫作伤心桥。

在生命的最后一刻，陆游又一次给唐琬写下《十二月二日夜梦游沈氏园亭》，里面有一句是这样的：

城南小陌又逢春，只见梅花不见人。

如同拜伦所说，假若他日相逢，我将何以贺你，以沉默，以泪流。

蒋英与钱学森

且以深情共白头

　　她 28 岁就成为中国当时最有名的女高音歌唱家。她的表哥是徐志摩，表弟是金庸。她嫁给了青梅竹马的干哥哥钱学森，她就是蒋英。命运赋予她的不仅是美貌与才华，更有无尽的人生传奇。

　　她说，不要叫我钱学森夫人，我自己就是艺术家。

　　蒋英 1919 年出生于浙江海宁，父亲是著名的军事家蒋百里，蒋百里与钱学森之父钱均夫是同窗好友，因此蒋、钱两家关系甚密。钱学森是独生子，而蒋百里有 5 个女儿，被称为五朵金花，钱家就恳请把活泼可爱的小女儿蒋英过继给自己。于是，4 岁的小蒋英来到钱家，改名为钱学英，与钱学森以兄妹相称，两小无猜。后来，由于蒋家思念女儿，又把蒋英给要了回去。蒋英跟随父亲游学欧洲各国，她精通英语、德语、法语和意大利语，还擅长弹钢琴和古典吉他。18 岁时，蒋英考入德国柏林音乐大学，24 岁时在瑞士的外国音乐年会上获得女高音第一名，成为首位获得国际音乐大奖的亚洲人，并在世界各国举办巡回演唱会。

1934 年，23 岁的钱学森考取了清华大学庚子赔款留美学生，24 岁考入美国麻省理工学院，后来转入美国加州理工学院。28 岁时，钱学森完成卡门 - 钱学森公式，成为世界著名的空气动力学家。36 岁就成为麻省理工学院终身教授。可此时，他还是一个大龄单身男青年。

两人一个在欧洲，一个在美国，逐渐断了联系。

1947 年，蒋英在上海兰心大戏院举行归国后的第一次演唱会。28 岁的蒋英震惊了整个上海滩。就在这一年，钱学森回国探亲，那时他已是麻省理工最年轻的终身教授，时年 36 岁，还未成家。父母便托蒋英给哥哥钱学森介绍对象，于是蒋英便为钱学森安排了一场相亲。没想到，钱学森对相亲的女孩置之不理，却对自己青梅竹马的干妹妹蒋英萌生情愫。

钱学森形容蒋英，千万人中一回头，你就能看得出她气质优雅，歌喉动人。她那双弹奏钢琴的手拨乱了钱学森的心弦，但钱学森毕竟是理工男，没有甜言蜜语，也不会制造浪漫，他翻来覆去只有一句话：你跟我走吧。有人劝蒋英，钱学森研究科学很忙，没有太多时间照顾你，你嫁给他未必会幸福。

但出乎所有人的意料，蒋英答应了钱学森的追求，她说，我会嫁给谁也许早就命中注定了。两个人在一起，不要问合不合适，只问愿不愿意，愿意便能过好这一生。

6个星期之后，他们在上海举行了婚礼。后来，蒋英甚至放弃了自己的歌唱事业，取消了所有的演唱计划，安心陪钱学森在美国进行科研事业。1949年，新中国成立，他们打算回去报效祖国，但是美国政府以莫须有的罪名把钱学森拘留在一座孤岛上，蒋英则独自照顾着两个嗷嗷待哺的孩子，并在异国他乡艰难地向好友募款，最终得以保释丈夫钱学森。随后，钱学森和蒋英被美国政府施行了长达5年的软禁，不被允许踏出家门。

在这段灰暗的日子里，蒋英教钱学森吹竹笛，弹吉他。夫妻二人患难与共，以音乐来排遣孤独与烦闷。在被监视期间，钱学森还完成了近40万字的著作。在这本书的扉页上，钱学森深情地写着：献给英。1955年的一天，蒋英冒着生命危险躲过美国特务的监视，用香烟纸发出了求助信，辗转大半个地球寄到北京。

接到这封信之后，在多方帮助和斡旋之下，他们终于踏上了归国的旅程。为了防止特务的追杀，蒋英总是挡在丈夫的前面，她说，我能为钱学森做的，只有替他挡子弹了，国家可以少一个音乐家，但一定不能少了钱学森这样的科学家。

钱学森回国时，他的论文和手稿全被美国扣留。后来的调查证实，钱学森的行李里没有任何有关美国军事科学的机密文件。他带回的是自己的大脑，还有一颗深深蒙羞亟待雪耻的心。他说，我唯一的希望是使我的祖国同胞能够过上有尊严的幸福生活。

钱学森回国之后，迅速组建了中国第一个火箭导弹研究所。他参与了中国第一枚近程导弹、第一枚中程导弹、导弹核武器、第一颗人造卫星、第一颗返回式人造卫星和第一枚远程运载火箭的研制与发射。后来，我国每一位从太空凯旋的航天员都要来钱学森家中报到，因为"航天员"这个名字就是钱学森起的。

同时，蒋英则在中央音乐学院任教，专心培养了一大批中外知名的音乐人才。

钱学森先生早在几十年前就写信倡议，大力发展电动新能源汽车。他在 20 世纪就已经关注虚拟现实技术，并且取名为"灵境"，很有中国特色的名字。他的这些设想，如今正逐渐成为现实。

晚年的钱学森已是荣誉等身，获奖无数。有一次在颁奖典礼上，钱学森还浪漫地开玩笑说，"钱"归你，"蒋"归我。钱学森对自己妻子蒋英深表歉意，他说，如果不是嫁给我，你会成为中国最好的女高音歌唱家。但是妻子却说，中国可以没有蒋英这样的歌唱家，但不能没有钱学森这样的科学家。

2009 年 10 月 31 日，钱学森先生逝世，享年 98 岁，巨星长明。2012 年，蒋英离世，享年 93 岁。弥留之际，蒋英对身边的儿女说，我该走了，你们不要悲伤，我要去那边陪你们的爸爸了，他在那边很孤单。

钱钟书与杨绛

日升月落，总有黎明

他是民国第一毒舌，连王国维、鲁迅都曾遭到他的无情吐槽，但他唯独对一个女人无比温柔，说她是最贤的妻、最才的女。他就是钱钟书。

1910 年，钱钟书出生于无锡的书香门第。小时候抓周，他从一堆物件中抓了一本书，于是家人给他起名为钱钟书。杨绛家也是世家大族，父亲曾是民国高官，后来辞职专门教书育人。1932 年，22 岁的钱钟书在清华遇见了 21 岁的杨绛，两个人一见钟情。钱钟书开门见山地说，我还没有订婚。杨绛说，我也还没有男朋友。

杨绛给钱钟书写过一封情书，上面只有一个字：怂。意思是，你的心上有几个人？钱钟书回信也只有一个字：您。意思是，我的心上只有你。钱钟书称，杨绛是绝无仅有的，结合了各不相容的三者：妻子、情人、朋友。

杨绛出名比钱钟书还要早。1942 年，31 岁的杨绛创作了第一部戏剧，一上演便大获成功。此后接连创作了许多剧本。当时，钱钟书还被人介绍为杨绛的丈夫。

　　妻子取得了巨大的成就，钱钟书也不甘落后。他对杨绛说，我想写一部长篇小说，杨绛听后特别高兴，让他赶紧动笔，专心写作，自己则默默包揽了所有的家务活，毫无怨言。花了整整两年的时间，钱钟书的《围城》终于问世。

　　后来，两个人一起出国留学。杨绛每天晚睡晚起，而早睡早起的钱钟书就会煮好鸡蛋，热好牛奶，烤好面包，用托盘送到杨绛的床前，轻声呼唤她起床吃早饭。做早饭这个习惯，钱钟书一直坚持到老。

　　1938 年，夫妻俩在国运最艰难的时候选择回国。杨绛出任上海政法女校的校长，而公公钱基博是旧式文人，对此很不以为然，说女人家谋什么事情呢？还是在家里面做做家务最好。杨绛的父亲听到之后非常生气，我花这么多心血培养的女儿难道就是给你们钱家当不要工钱的老妈子的吗？一贯孝顺的钱钟书，坚定地站在了岳父和妻子这边。听说妻子的学校缺老师，钱钟书还推荐了两个朋友去当老师。

　　在钱钟书的支持下，47 岁的杨绛开始自学西班牙语，翻译了世界名著《堂吉诃德》。1978 年，西班牙国王访华，邓小平同志把杨绛翻译的《堂吉诃德》作为国礼赠送给他们。

杨绛的一生从容淡定，与世无争。她说，我和谁都不争，和谁争我都不屑。

杨绛和钱钟书把所有的版税都捐给了清华的贫寒学子，两个人过着极其简朴的日子，素粉墙，水泥地，天花板上还残留着一个手印，那是杨绛当年蹬着梯子换灯泡时留下的。

63载，钱钟书与杨绛始终相濡以沫。钱钟书离世前曾经评价杨绛：我见到她之前从未想过要结婚，我娶了她几十年，从未后悔娶她，也未想过要娶别的女人。他对杨绛还有过一句更决绝的告白：从今往后咱们只有死别，再无生离。

1997年，钱钟书与杨绛的女儿钱瑗在59岁时撒手人寰。临终前，钱瑗握着妈妈杨绛的手说：妈，我累了，想睡觉了。杨绛点点头，为她掖了掖被子，轻声说：那你就好好休息吧。这就是母女最后的诀别。没有想到，女儿离开后的第二年，88岁的钱钟书也离开了人世。清华的学生们叠了上万只白色千纸鹤为钱钟书送行。

87岁的杨绛失去了女儿，失去了丈夫，只能靠着回忆度过余生。100岁时，杨绛生了一场大病，生命垂危，她觉得自己终于有机会可以去天堂见钱钟书和女儿钱瑗了，可是她又很害怕，我要用什么样子去见他们呢？钱钟书记得的肯定不是我100岁的样子。他记得的可能是我们俩刚刚谈恋爱的时候，那个扎小辫子的姑娘，或者是在书桌旁陪伴他的爱人。我现在去见他，他还会认出我吗？

死亡并不悲哀，也许最大的悲哀是"纵使相逢应不识，尘满面，鬓如霜"。所以杨绛说，我一个人，思念着我们仨。杨绛写道："我今年一百岁，已经走到了人生边缘的边缘……我很清楚，我快回家了，我得洗净这一百年沾染的污秽回家……细想至此，我心静如水。我该平和地迎接每一天，准备回家。"

2016 年 5 月 25 日，杨绛回家了，享年 105 岁。清华校园里，再一次飞起数万只千纸鹤，为她送行。

杨绛说，每个人都会有一段特别艰难的时光，生活的窘迫，工作的失意，感情惶惶不可终日。挺过来的，人生就会豁然开朗。挺不过来的，时间也会教会你怎么与它们握手言和。不必害怕，日升月落，总有黎明。

卓文君

愿得一人心，白首不相离

你一定听过一句诗："愿得一人心，白首不相离。"很多人以为，这是一首浪漫的情诗，实际上，这是一份古代女性勇敢坚贞的独立宣言。

卓文君是古代典型的白富美，她的父亲是蜀中数一数二的商贾巨擘，家里非常有钱。卓文君自幼接受良好的教育，才情过人，长大之后嫁了人，但不久丈夫就去世了，于是17岁的卓文君回到了娘家。

有一次，一位叫司马相如的男子在卓文君家里弹奏了一曲《凤求凰》。卓文君在帘子背后听到之后，立马爱上了司马相如。卓文君更是连夜与司马相如私奔了，但是到了对方家中，她才发现，司马相如家徒四壁，穷得叮当响。

但是，即便生活再穷再苦，卓文君都没有嫌弃司马相如。面对来自家族的压力，她执意要与司马相如长相厮守。为了维持生计，卓文君甚至陪同司马相如当街卖酒。但不久之后，司马相如因为得到皇帝的赏识，到长安去当官。春风得意的司马相如甚至想要在长安纳妾了。卓文君得知司马相如要纳妾的消息后，并没有伤心地哭泣，而是奋笔写下了这首《白头吟》：

> 皑如山上雪，皎若云间月。
> 闻君有两意，故来相决绝。
> 今日斗酒会，明旦沟水头。
> 躞蹀御沟上，沟水东西流。
> 凄凄复凄凄，嫁娶不须啼。
> 愿得一心人，白头不相离。
> 竹竿何袅袅，鱼尾何簁簁！
> 男儿重意气，何用钱刀为！
> …………

爱情应该像山上的白雪一样纯洁，像云间的月亮一样光明。但我听说你怀有二心，所以来与你决绝。今天我们就是最后一次聚会了，明天两个人将在沟水之头分道扬镳。我们过去的生活也像沟水东流一样一去不复返。当初我毅然决然离开家随君远去，就不像一般的女孩子一样哭哭啼啼。因为我以为自己嫁了一个用情专一的郎君，可以幸福到老。现在我才发现，男女之间的情感就像竹竿一样纤细、脆弱。我还是要奉劝郎君，男人还是应当以情义为重，如果失去了最真诚的爱情，任何钱财珍宝都将无法补偿。

司马相如读到了自己患难与共的妻子卓文君的这首诗后，羞愧难当，再也不提纳妾之事了。所以，"愿得一心人，白首不相离"，并不是美好忠贞的爱情誓言，而是2000多年之前的女性对于爱情独立的勇敢宣言。

李叔同

一生四字，悲欣交集

1942 年秋天，一位老人去世火化后，人们从他的骨灰中捡到了 1800 余颗舍利子。

去世之前，这位老人曾满眼泪水。他说，我之所以流泪，不是贪恋人间或挂念亲人，而是在回忆我一生的憾事。

他写下了一幅四字遗墨——"悲欣交集"。这位老人还特意叮嘱弟子，火化遗体之后，记得在骨灰坛架子的四只脚下各放一钵清水，以免路过的虫蚁爬上烫死，殃及无辜的生命。

100 年来，没有任何一次死亡，像这样慈悲为怀，庄严自在。他就是弘一法师，出家之前，他叫李叔同。

有人说，李叔同是离我们这个时代最近的一个完人。在 100 年来的中国文化史上，曾经出现过这样一个人，本身就是一个不可思议的文化奇迹。

论绘画，他堪称中国油画的鼻祖，他是第一个开创裸体写生的画家，是最早在中国介绍西洋画知识的画家。论音乐，他主编了中国第一本音乐期刊《音乐小杂志》，在国内第一个使用五线谱作曲，第一个推广西方的乐器之王——钢琴。他是西方乐理传入中国的第一人，他填词的歌曲《送别》，感动了好几代国人。

论戏剧，他是中国话剧运动的先驱，中国话剧的奠基人，中国第一个话剧团体春柳社的创办人之一。论书法，他的字清凉超尘，朴拙中见风骨，连鲁迅都以收藏一幅他的字为傲。论篆刻，他是西泠印社的元老。论教育，他一生执教大江南北，桃李满天下。论佛法，他皈依佛门之后，笃志苦修，被尊为"律宗第十一代祖师"。

作家林语堂说："李叔同是我们同时代里最有才华的几位天才之一，也是最奇特、最遗世而独立的一个人。"他曾经属于我们的时代，却终于抛弃了这个时代，跳到红尘之外去了。

他的学生丰子恺评价李叔同老师，只有八个字："他是一个像人的人。"

1918 年，李叔同身披海青，脚穿芒鞋，在杭州虎跑寺出家，号为弘一法师。"世间再无双全法，不负如来不负卿"，一个半世风流的翩翩公子从此遁入空门，一转身，留下的是半世虚空。

剃度几个星期之后，他在西湖边见了妻子最后一面。妻子唤他，叔同。他说，请叫我弘一。妻子说，弘一法师，请你告诉我什么是爱？他回答，爱就是慈悲。妻子痛哭说，慈悲对世人，为何独独伤我？然而回答她的只有西湖缥缈的晨雾。

其实，李叔同的一生都在告别，年少丧父，青年丧母。1914年的冬天，在一个大雪纷飞的黄昏，他最好的朋友许幻园跑到李叔同的院子外面，大喊了几声："叔同兄，我家破产了，我幻灭了，我要离开了。"等到李叔同开门时，没有见到许幻园，只有雪地里一排排深深的脚印。

想起这一生中所有离开的亲人和朋友，李叔同满含热泪写下送别诗：

长亭外，古道边，芳草碧连天。晚风拂柳笛声残，夕阳山外山。
天之涯，地之角，知交半零落。一壶浊酒尽余欢，今宵别梦寒。
长亭外，古道边，芳草碧连天。问君此去几时来？来时莫徘徊。
天之涯，地之角，知交半零落。人生难得是欢聚，惟有离别多。

品读李叔同的人生，眼泪会情不自禁地夺眶而出。半世风流半世空，世间再无李叔同。世间又有多少人能够真正读懂他"悲欣交集"这四个字呢？

张梅溪与黄永玉

我们是互相寻找的星

她是将军之女，却私奔嫁给流浪的穷小子。

他们结婚 74 年，却已经相爱十万年。

在特殊年代，丈夫受尽折磨一度想自尽，她愿意抛下一切与丈夫一起赴死。在她的鼓励和陪伴之下，丈夫黄永玉从当年的穷小子变成了中国最出名的画家。他设计的面值 8 分钱的猴票，曾升值到整版 201 万元。

黄永玉一生有很多头衔和传奇，但他却说，自己最棒的头衔是张梅溪的丈夫。黄永玉和张梅溪不是青梅竹马，却胜似青梅竹马；不是神仙，却胜似神仙眷侣。

1922 年，张梅溪生于广东新会的大户人家。梅溪小姐每天出门光随从就有十几人，她从小饱读诗书，长相俊美。1942 年，她遇见了一个清贫的小伙子，黄永玉。湘西人有着对唱山歌的传统，黄永玉就借来一把小号，每天在梅溪小姐骑马的路上定点吹奏，由此打动了梅溪小姐的芳心。

后来黄永玉大胆地表白："如果有一个人爱你，你怎么办？"

梅溪道："那要看是谁了。"

"那个人是我呢？"

"好。"

就这样，一段世纪之恋开始了。

但这段恋情却遭到了梅溪父母的反对。父亲嘲讽说，你若嫁给他没有饭吃的时候，你们就干脆上街去讨饭吧，正好他吹号，你唱歌。黄永玉也不愿意让自己的爱成为心上人的负担，于是他转身离开，接着去流浪和谋生。但谁也没想到，梅溪小姐竟然卖掉了自己的首饰，偷偷离家，独自去外地寻找黄永玉。最终，他们两个人举办了简单温馨的婚礼，两人相约，从此永不分离。

黄永玉对妻子梅溪说，我这一辈子只谈一次恋爱。他没有食言，挚恋一次，便真爱一生。

后来黄永玉坚持木刻版画，妻子梅溪则打零工养家。在妻子的鼓励和陪伴之下，多年之后，黄永玉创作的木刻《春潮》和《阿诗玛》轰动整个中国画坛。

在风雨飘摇的日子里，黄永玉被关进牛棚，妻子始终不离不弃地守护着他。黄永玉白天被拉出去游街，晚上还是回家画画，妻子张梅溪就守在窗边替他望风，一听到有响声就立即让他把东西收起来。后来因为黄永玉画的猫头鹰睁一只眼闭一只眼，他成了被批判的靶子，全家人被关进了一间没有窗户的黑屋子，妻子张梅溪受到沉重的打击，一病不起。

为了哄妻子开心，黄永玉在墙上画了一扇大窗户，窗外是蔓延的花草，还有明亮的太阳，黄永玉还偷偷在牛棚里写了一首诗，题为《老婆呀，不要哭》：

我们在孩提时代的梦中早就相识，
我们是洪荒时代在太空互相寻找的星星，
我们相爱已经十万年，
我们的爱情和我们的生活一样顽强。

就这样，夫妻二人相互扶持着、宽慰着对方。在那个特殊的岁月里，妻子张梅溪一边操持家务，一边鼓励着黄永玉永远不要灰心。她对黄永玉说，强敌是不可战胜的，我们唯一的方法就是躲起来活着，等敌人自行灭亡。

黄永玉曾经写道，人生最幸福的事就是小屋三间，坐也由我，睡也由我；老婆一个，左看是她，右看是她。他的故居位于北京的大雅宝胡同，门前有一个葡萄架，但是葡萄架很矮，只有 1.6 米左右，身高 1.75 米的黄永玉每天只能弯着腰从下面进出，这是因为他的妻子张梅溪的身材娇小，其身高只有 1.55 米。黄永玉在搭葡萄架的时候，刻意选择了最适合妻子的高度。这个不高的葡萄架见证了他们相濡以沫的春夏秋冬。

结婚五十周年时，黄永玉特意买了一把小铜号吹给张梅溪听。他随口说出一句上联——斟酒迎月上，正当一众老友思索下联的时候，妻子张梅溪笑盈盈地对答道——泡茶等花开。

2020 年，98 岁的张梅溪走了。她是黄永玉的第一位爱人，也是最后一位爱人。黄永玉为妻子亲笔写下讣告，言辞质朴，却道尽两人 74 年来相濡以沫的至深爱情：尊敬的朋友，梅溪于今晨（5 月 8 日）六时三十三分逝世于香港港怡医院。享年 98 岁。多年的交情，因眼前的出行限制，请原谅我们用这种方式告诉您。

2023 年 6 月，99 岁的黄永玉也去世了。他说，我走之后，连骨灰也不要留，你若想我，就看看天，看看云。

萧 统

红豆寄相思，相思不可得

曾经有一位太子爱上了一位尼姑，这背后是一个深情的故事。

他叫萧统，是梁朝的太子，也叫昭明太子。根据史书记载，萧统颜值气质俱佳，才华横溢，风度翩翩，且宅心仁厚。这样一位太子，从来不近女色，却偏偏对一个小尼姑一见钟情。

公元 522 年，萧统太子时年 21 岁，正值最好的青春年华，去江阴游玩。当时江南一带的寺庙很多，所谓"南朝四百八十寺"，说的正是那会儿。

一个春光烂漫的午后，萧统骑着马外出散心。在一条繁花盛开的山路上，他和一位小尼姑相遇了。尼姑法名慧如，不仅貌美，而且十分聪慧，还精通佛经。两人一见如故，倾情交谈，彼此倾慕。这样的相遇，堪称陌上人如玉，公子世无双。

从此，萧统隔三岔五就来庙里和慧如相见。慢慢地，慧如也得知萧统的真实身份竟是当朝太子。二人日渐情深，萧统不止一次对慧如表露心迹，说他不久就要回到京城，向父皇复命。待征得父母同意之后，再来江阴接慧如，与她长相厮守，永不分离。

二人离别那天，慧如泪流满面，默默无语，只是递上一方手帕，手帕里包着两颗红豆。萧统带着这两颗红豆离去之后，却再也没有机会回到江阴了。毕竟两个人之间有一条难以逾越的鸿沟，一个是太子，一个是尼姑。只像仓央嘉措所写的，"世间安得双全法，不负如来不负卿"。

后来，慧如再也没有等来萧统，在庙里郁郁而终。这对于萧统来说是一个巨大的打击。不是说好要长相厮守的吗，为什么世事总不如人意？怀着巨大的悲伤，太子萧统也郁郁而终，年仅 30 岁。

临死之前，萧统专程去了一趟江阴，亲自种下了当年慧如给他的红豆。历经沧海桑田，红豆树最终只剩下了一棵。后来，唐朝诗人王维来到江阴，看到了这棵红豆树，又恰逢老友李龟年。他被萧统的深情感动，于是就写下了一首诗，送给江湖重逢的老友李龟年。

红豆生南国，春来发几枝。愿君多采撷，此物最相思。

红豆树一般生长在南方，而这是纬度最北的一棵红豆树。如今这棵红豆树依然生长在江阴，已经生长了近 1500 年，每一片叶子都是萧统对慧如无尽的思念。

若是造访南京，一定要到紫金山看一看萧统的读书台，到南京玄武湖看一看梁园，那是萧统编纂《文选》、思念慧如的地方。

03

我有理想，璀璨如星光

张伯驹

国宝无二，真心难求

北京故宫博物院里，有近一半的顶级书画，是同一个人捐赠的，但他后半生却过得穷困潦倒，临终申请住院病房，竟因为级别不够而被拒绝。殊不知，他一个人捐献给国家的东西，足够买下好几家医院。

他是中国第一大收藏家，也是中国近代第一文化奇人，他就是张伯驹。每一个去过北京故宫的人都不应该忘记他的名字。

1898年，张伯驹出生于世家大族。7岁入私塾，8岁能写诗，享有神童之誉。毕业之后，张伯驹成为军官，却对从政十分厌烦。于是，他不顾双亲反对，退出了军界，从此过上了写诗作画、看戏唱曲的公子哥生活。

尽管纨绔不羁，但张伯驹和其他富家子弟的奢靡作风完全不一样。他不抽烟、不喝酒、不赌博。29岁的时候，张伯驹在北京琉璃厂闲逛，买下了一幅康熙皇帝的御笔《丛碧山房》，从此走上了一发不可收的收藏之路。

37 岁时，他遇见了青楼女子潘素。潘素原名潘白琴，1915 年生于苏州的名门望族，她的曾祖父是清朝状元、宰相，可惜后来家道中落，幼年丧母，潘素被继母卖到了青楼，备受凌辱，甚至被军阀和黑帮大佬长期霸占蹂躏。就在她想要自尽的时候，20 岁的潘素遇见了一个比她大 17 岁的男人张伯驹，两人一见钟情。

听完潘素的一曲琵琶，张伯驹感动得泪流满面，"同是天涯沦落人，相逢何必曾相识"。可当时的潘素被一位军阀相中，软禁在家中。张伯驹就趁着夜色，单枪匹马地把潘素抢了出来，两个人连夜私奔，第二天就举行了婚礼。后来，张伯驹把家中的女人、小妾全部遣散，专心与潘素相濡以沫，携手一生。"金风玉露一相逢，便胜却人间无数。"二人新婚洞房的时候，只见妻子卸去了礼服，一身洁白素衣，张伯驹问，大喜之日，为何着素装？她回答说，洁白如素，是我的本色。从此，她改名为潘素。

张伯驹发现潘素很有美术天赋，于是就请来很多名家为她授课，教她古文和绘画，还带着妻子游历名山大川，到处写生创作。在张伯驹的培养之下，潘素 30 多岁便成为享誉国内外的著名画家。张大千都称赞她的画神韵高古，直逼唐人。当时流传至广的，是林徽因的诗歌、张允和的书法，以及潘素的国画。

张伯驹这一生，拯救了无数国宝。1937年抗战期间，张伯驹得知道光皇帝的曾孙溥儒要把中华第一名帖《平复帖》卖给外国人，就花高价买下了《平复帖》。《平复帖》是西晋陆机的真迹，是中国现存最古老的书法瑰宝，如果流失海外，将是千古之恨。

　　1941年，张伯驹被绑匪持枪绑架，对方威胁要200根金条，不然就撕票。潘素情急之下想变卖字画收藏来赎他，但是张伯驹却说，宁死魔窟，也不得变卖，你救不救我都不要紧，我珍藏的那批字画，就是我死了，你也要替我保护好。最终，潘素不得不四处跪地求人借钱，才赎回了张伯驹。

　　1946年，张伯驹又得知古玩商马霁川要把《游春图》卖往海外。《游春图》是隋代大画家展子虔的作品，是中国现存最早的一幅画作，被书画界奉为国宝中的国宝。张伯驹想买下来珍藏，把这幅画留在国内，但是对方却开出了800两黄金的高价。此时的张伯驹因为多年的收藏已经散尽家财，就连50两也拿不出。他只好跑到故宫，劝说故宫博物院把这幅画给买下来，但是故宫方面当时毫无回应。无奈之下，张伯驹把自己15亩的豪宅卖了，又把妻子潘素的首饰给当了，换成整整一箱黄金，才买下了传世名画《游春图》。

　　但是谁也没有想到，视书画重于生命的张伯驹，后来竟然把所藏的书画作品无偿捐献给了国家。文化部（现文化和旅游部）想奖励他20万元，但是张伯驹拒绝了，分文未取。他说黄金易得，国宝无二，我当初买它们就不是为了卖钱，是怕它们流到国外。

后来，张伯驹还是遭遇了不公正的待遇和磨难，被扣上了封建余孽的帽子。因为他曾经与梅兰芳、余叔岩等人创立了北平国剧协会，弘扬振兴以京剧为主的传统艺术文化。有人将他收藏的书画卷轴丢到院子里焚烧，张伯驹跪在火旁，不停地哀求，要烧就烧我吧，这些可都是国宝，烧了，就再也没有了！

晚年，张伯驹和潘素蜗居在北京一间 10 平方米的小屋内。要知道，他们家以前的管家就有十多位。但是晚年时，他们一无粮票，二无户口，只能靠亲朋的接济度日。这样的落差和磨难，并没有让他怨天尤人。相反，他总是轻描淡写，一笑置之，他说，国家大、人多，个人受点委屈难免，算不了什么。

1982 年，张伯驹患病，住进北大医院，被安排在一个八人同住的病房内。病房人多嘈杂，既不利于休息，又容易交叉感染。妻子潘素向医院申请，想转到一个单人间去，但是被医院拒绝，医院的说法是，张伯驹不够级别。几天之后，张伯驹在医院离开人世。事后，有学生跑到北大医院鸣不平，他们说，你们知道张伯驹是谁吗？你们说他不够级别住单人间，我告诉你们，他一个人捐献给国家的东西，足够买下你们好几家医院！

如果走进北京故宫，请记得一定要看一看故宫里张伯驹先生捐赠的大量书画珍品：陆机的《平复帖》、展子虔的《游春图》、李白的《上阳台帖》、杜牧的《张好好诗》、宋徽宗的《雪江归棹图》、范仲淹的《道服赞》、唐伯虎的《王蜀宫妓图》等。

凭一己之力，张伯驹守护了国宝，故宫博物院的半壁江山都源自他的捐献，请记住他的名字，记住我们永远的先生——张伯驹。

莫砺锋

伤害文化的都不可原谅

  他是新中国第一位文学博士，2023 年 5 月 23 日，他给学生们上完了人生的最后一节课，正式告别讲坛。当年他曾经报考清华大学，却突然接到通知——高考被废除了，他的人生从此被暂停了 10 年。时代耽误了他的青春，但他没有妥协，成为恢复高考后中国文科界的开山大师兄，他就是莫砺锋。

  莫砺锋说，我从来不会以一个长辈的身份对年轻人说，你们多幸福啊，看我们以前吃过多少苦。吃苦不是一种美德，吃苦是一种不幸。历史人物的功过很难断定，但凡是伤害过文化的，都不可原谅。

  1949 年的春天，莫砺锋生于无锡，江南才俊，年少气盛。然而 1966 年的夏天，一代人的梦想突然粉碎，高考被取消了。1968 年，他被迫来到乡下插队务农，还整天被歧视嘲讽。他把书籍藏在褥子底下，悄悄读书，生怕走漏风声。在最荒唐的年代里，他依然坚持背诵古诗词，还用英文抄写了大量的世界名著。有一次，他正在田地里割稻，突然一阵狂风从天而降，刮走了屋顶上全部的茅草。他想起了杜甫的诗："八月秋高风怒号，卷我屋上三重茅。"从这一刻开始，他才真正读懂了杜甫。

在那个年代，杜甫的作品也要悄悄地读，因为大文豪郭沫若曾经批判过杜甫。比如这句诗，"卷我屋上三重茅"。普通老百姓家只有一层茅草，而杜甫家竟然有三重茅草。年轻的莫砺锋始终相信，这样荒唐的岁月一定会过去的，就像杜甫写的，"尔曹身与名俱灭，不废江河万古流"。你们这些人终会死去，而杜甫的精神将会像长江黄河一样滔滔不绝，万古长流。

1977年，国家恢复高考，在田里干农活的莫砺锋走上考场，开启了崭新的人生。后来，他攻读博士，师从国学大家程千帆先生，并受到四位导师的联合培养。1984年秋天，莫砺锋在南京大学参加博士论文答辩，答辩委员会的阵容堪称豪华，程千帆、钱仲联、唐圭璋等九位先生审核答辩，央视的新闻联播甚至专门对此次答辩进行了转播。

莫砺锋从教几十年来桃李满天下，他对诗词的解读更是让许多读者爱上了古诗词。而莫砺锋的生活非常简朴，他不开车，也不买车。他说，生活在南京，骑一辆自行车足矣。他甚至从来不用手机，但是几年前，妻子在外摔倒，没有办法联系到他，他深感自责，后来为了妻子，才决定买一部手机。莫砺锋的书橱里，摆满了他拍摄的妻子的照片。他写给妻子的情诗也在网上广为流传——

久惯人间多白眼，逢君始见两眸青。

对于年轻人，莫砺锋说，大家可以去读一读苏东坡，尤其是看一看他"一蓑烟雨任平生"的定力。莫砺锋说，如果能够穿越，他一定要飞到北宋去帮苏东坡种地。他只想表达一个愿望：东坡先生，请赏给我1%的才华吧。

吴 健 雄

成就与性别无关

她被誉为原子弹之母和东方的居里夫人，却因为性别歧视错过了诺贝尔奖。

她把胡适当成自己的初恋，但两个人克制了一辈子，始终"发乎情，止乎礼"。

她是迄今为止最杰出的华人女科学家，她的墓碑上刻着的是，"一个永远的中国人"，她就是吴健雄。她会让你感到惊讶，一个人竟然可以从内到外优秀到如此地步。

1912 年，吴健雄出生于苏州太仓的浏河镇，父亲主张男女平等，为她起了一个响亮的名字，吴健雄。11 岁的吴健雄到苏州的第二女子师范读书，在那里遇见了胡适老师。胡适鼓励女性应该在思想上走出旧传统，令吴健雄眼界大开。后来吴健雄考上中国公学，校长就是胡适。

吴健雄倾慕胡适的为人，胡适也很欣赏吴健雄的才华，后来两个人出国留学期间，胡适会买吴健雄特别喜欢的物理书籍寄给她，吴健雄则会坐五天四夜的火车专门去看望胡适，两个人的关系一度非常亲密。但当时，胡适家中已有一位包办婚姻的妻子，两个人都保持了最大的克制和距离。胡适对物理一窍不通，但他的支持对吴健雄产生了巨大的影响，他鼓励吴健雄大胆假设，小心求证。

　　1942 年，吴健雄报名研制原子弹的"曼哈顿计划"，却被拒绝，因为她是女性，尤其是"穿着旗袍"的东方女性。后来，计划指挥官在核心技术难题上遇到了"瓶颈"，正一筹莫展之时，忽然翻到了吴健雄的一篇论文，这篇论文完全解答了他的疑惑。于是，他便正式邀请吴健雄作为唯一的华人参与原子弹的研制计划。

　　吴健雄陆续解决了连锁反应无法延续等重大难题，被人们称为原子弹之母。但是"曼哈顿计划"成功之后，所有项目成员都得到了嘉奖，只有吴健雄被选择性地遗忘了。

　　1956 年，杨振宁和李政道发表的论文推翻了物理学的固有常识，当时的学界对此不屑一顾，唯有吴健雄挺身而出，不仅证实了这个宇称不守恒定论，还帮助杨振宁和李政道获得了诺贝尔物理学奖。但是，受限于女性话语权等方面的问题，吴健雄再一次被选择性地遗忘了。

　　杨振宁曾经说，吴健雄改变了整个物理学的历史，她接受任何荣誉都当之无愧。后来，杨振宁数次向诺奖组委会提名吴健雄。并且，只要吴健雄在场，总是推她坐首席的位置。

吴健雄成名后始终没有忘本，而是时刻惦记着祖国的科学发展工作。她多次在母校南京大学、东南大学等地举行学术报告会，而且平均两天一场。她还专门在南大和东大设立了奖学金。

1962 年的一次酒会上，吴健雄目睹恩师胡适去世，悲痛万分，泣不成声。胡适曾说过，我一生到处撒花种子，绝大多数都撒在了石头上，其中一粒长出了吴健雄，我也可以万分欣慰了。

1997 年，吴健雄病逝，享年 85 岁，按照遗愿，她的骨灰被安放在故乡苏州太仓的浏河镇，她的墓碑上刻有一行字：

一个永远的中国人。

曾昭燏

我早就嫁给博物院了

她是中国第一位博物馆女馆长、中国第一位女考古学家。

她曾经拦下运往台湾的八百多件文物，亲手挽救了无数国宝，包括著名的后母戊鼎。

她致力于文物保护事业，终身未婚，把一辈子献给了中国的考古事业，却在55岁时，从南京灵古塔纵身一跃，结束了生命。她就是曾昭燏。

每年的5月18日是国际博物馆日。如果路过南京，不妨去看一看曾昭燏，她没有辜负时代，时代却亏欠她很多。

1909年，曾昭燏生于湖南曾氏家族。这个家族的兴隆源于近代第一完人曾国藩。近代中国众多重要的人物与这个家族有联姻的关系。到了曾昭燏这一代，她的亲兄妹七个人，个个才华横溢。长兄曾昭承是哈佛大学硕士，二兄曾昭抡是麻省理工学院博士、中国第一届院士，弟弟曾昭拯是著名书法家，二妹曾昭鏻、三妹曾昭楣都是西南联大的高才生。

曾昭燏中学毕业之后，考入中央大学国文系，随后又考入英国伦敦大学考古学专业，成为中国首位赴海外就读考古学专业的女学者。毕业的时候，抗日战争全面爆发，曾昭燏将在英国结余下来的几十英镑连同自己的一枚金戒指全都捐献给了抗日前线。最后，她拒绝了英国伦敦大学的聘用，毅然决定回国。

回国之后，曾昭燏加入了南京的中央博物院筹备处。为了防止文物被日本人抢走，她与李济等人夜以继日地把博物院的文物及北平故宫博物院的一万多箱珍宝登记造册、装箱编号，协助文物搬迁。中央博物院迁居李庄时，31岁的曾昭燏出任中央博物院筹备处总干事，率队在川康地区探明崖墓墓址九百多座，使得中国田野考古科学方法达到世界领先水平。

很长一段时间内，曾昭燏都是考古田野里唯一的女性，她发誓要为祖国守护这5000年的文明。她与李济先生合著的《博物馆》一书，也是中国博物馆学的奠基巨著。1948年，蒋介石筹备将故宫博物院与中央博物院的文物紧急转运台湾。曾昭燏坚决反对，她说，文物若在途中或者到达台湾之后，有任何的损失，则主持者将永为民族罪人。

新中国成立之后，中央博物院改称南京博物院。当时全国仅有两所够格称为博物院的机构，一所是南京博物院，另一所就是北京故宫博物院。曾昭燏担任院长，吃住全在院里，克己奉公，连一个信封都不曾占过公家的便宜。自她之后，南京博物院有一条不成文的院规，本院做考古工作者，绝对不准私人收藏古董。

1950年，曾昭燏主持正式发掘南唐二陵。这是新中国成立之后，首次运用科学方法挖掘帝王陵墓。曾昭燏和全体工作人员同住在荒僻的祖堂山幽栖寺内，每日奔走在居住地和工地之间，过着艰苦的野外考古生活。

1954年，她率队发掘了著名的山东沂南古画像石墓，并且主持了郑州二里岗遗址、南京北阴阳营遗址、安徽寿县蔡侯墓等挖掘工作，为新中国文物保护事业立下了汗马功劳。为抗美援朝捐献飞机大炮的时候，她是第一个捐出自己全部积蓄的中国人。

在特殊时期，胡适等人成了批判的对象。上级要求曾昭燏组织南博全员批判胡适，她以与胡适交往不深为由，坚决拒绝了。然而，令曾昭燏没有想到的是，最后压垮她的，是她无法改变的家庭出身。强大的政治压力让曾昭燏患上了严重的抑郁症。她的二兄曾昭抡含冤入狱，侄子曾宪洛被强制劳改，恩师胡小石先生也突然离世。不断的身心折磨令曾昭燏疲惫不堪，1964年的隆冬，她登上了南京东郊的灵谷塔，纵身跃下，结束了自己的生命。尸体被发现的时候，从她的口袋里找到一张字条，写着：

我的死，与司机无关。

哪怕到了最后一刻，她还是牵挂着别人。

可是连死后，曾昭燏都没有得到最后的体面。死讯不能通知亲属，她被草草安葬在荒野之外。为国奉献了自己的全部，守护了几十年文物，最后陪着曾昭燏的却是一座荒野孤坟。她的表哥陈寅恪先生闻讯，神色黯然地写下诗句：

灵谷烦冤应夜哭，天阴雨湿隔天涯。

永远不要忘记曾昭燏，她才是我们应该追逐的"女神"、中华民族的脊梁。

韦力

古籍就是我的避难所

　　他散尽家财，收藏10多万本珍贵古籍，但这些书他一本都不卖。

　　为了寻访古书，他摔断了腿，双腿截肢，但这依然抵挡不住他对古书的热情。

　　他就是韦力先生，当代中国古籍收藏第一人。

　　韦力老师的书房——芷兰斋——位于北京城南的一栋普通居民楼中。600平方米的空间，挤满了几万册古书，最老的一本是隋朝的，1500多岁了。这里还有现存最早的《红楼梦》程甲本，单一套书就得要3000多万元。辽代的刻本非常少见，国家图书馆至今都没有一本。每次举办通识展，国图都会找韦力借一卷辽代刻经去参展。

　　韦力还是国内收藏活字书本最多的藏家。几年前，韩国人宣称活字印刷术是韩国发明的，韦力便挺身驳斥韩国人，他的这些藏书便是最有力的证据。这几万册古籍，每一本都被他亲手写上了标签，按"经史子集"严格分类。从吸尘、清理、古书修补到整理藏书日志，他都亲力亲为。

这些书都是哪儿来的？买书的钱又是哪儿来的？这些书以后将会去向哪里呢？

韦力老师至今珍藏着自己拥有的第一部古书。那是1981年，他才上高中一年级，从古籍书店看到一套康熙年间的《古文渊鉴》，卖80元。他省下饭钱，凑了好几个月，终于买下这套书。这让他明白，买书必须有钱。

他并不是有了钱之后才去藏书的，而是为了藏书硬逼着自己创业挣钱。不到30岁，他就成为国企子公司的总经理。后来他又辞职创业，把自己所有的积蓄都投入古籍收藏。

几十年的收藏生涯，他至今没有卖过一本书。他说，我总觉得每个人心里都应该有一个角落，跟物质利益无关，我的角落属于书籍。

对韦力来说，爱书是没有理由的，他对于古籍有着本能的亲切感。他的收藏中，有一本彩色印刷的古书《营造法式》，当年梁启超就是把这部书寄给了儿子梁思成，梁思成惊为天书，由此催生了中国第一代建筑师。在他手中，还有一套宋代最早的刻本《施顾注苏诗》，1000多年传承有序，最终传到他的手上。

韦力很想为这些古书延续生命。为了寻访古书和古代的藏书楼，他差点付出生命的代价。有一次他被大石碑砸中，左腿膝盖以下部位全部截肢。可是休养了一年之后，他竟然戴上假肢，又上路寻访了。他说，既然腿都跑断了，如果以后不跑了，多冤枉。尽管爱书，他却从来不在藏书上加盖自己的私章。因为他认为，自己也不过是这些书生命中的一小段。

这些古籍未来的归宿是哪里呢？韦力的回答是社会，回归社会。他说，藏书家注定是孤独的，历史上每一次糟蹋文化的年代，总有爱书人冒着生命危险将经典书籍秘藏起来，等到社会恢复正常以后，再让这些书籍重现人间。

这些年，韦力寻访了几十位古代藏书家之墓。能在他们的墓前鞠躬致敬，或献上一束鲜花，韦力已经感到满足。有时他会坐在这些墓旁，守候片刻，坐在旷野之中，静听山风吹过松林，心里有一种不悲不喜的宁静。每当此时，他的心中都会想起那句话："微斯人，吾谁与归？"

江澄波

乘一"页"书舟，孤独漂流

你能想象吗？一位97岁的老人，依然在坚守着一家130年的旧书店，这大概是全中国最孤独的一家书店了。而他说，我会一直待在书店里，坚持到生命的最后一天。

在苏州的钮家巷，一棵高大的玉兰树下，有一个不起眼的小门脸——文学山房旧书店。书店只卖旧书，这规矩从130多年前就定下了。书店不大，只有20多平方米，却是中国最长寿的民营旧书店之一。一进门，就能闻到书籍的油墨香，爱书人闻到这种味道会顿时安静下来。店里没有空调，只有老式的电风扇在吱呀作响，坐在角落的就是店主江澄波。

2023年，江澄波已经97岁了。这家旧书店由江澄波的祖父江杏溪在光绪年间创立，他经历了清朝、北洋、民国和新中国时期，堪称"四朝元老"，而"文学山房"这几个字，还是民国大总统徐世昌写的。后来，祖父把书店传给了父亲，父亲又传给了16岁的江澄波，从此，他在书店里一坐就是81年。如同扫地僧一般，他每天清晨步行来书店里上班，一年只有春节休息两天，风雨无阻。

在文学山房，曾经有很多大师级的学者都来买书，章太炎、叶圣陶、钱穆、郑振铎都是店里的常客。江澄波也见证了一些糟蹋文化的至暗时刻，他亲眼看到很多古书被当众撕碎焚毁。但是这些并没有扑灭他爱书的热情。他曾经在废品站里意外地发现了珍贵的宋代古书，并偷偷保存下来，无偿捐献给了国家。他守护了无数古籍，使它们免于流失。海外国家图书馆、南京图书馆、苏州图书馆里的很多镇馆之宝都来自江澄波的捐赠。

江澄波还是我国国宝级的古籍修复大师，他从小跟随祖父学习，十几岁就能熟练背诵"四库全书"的版本目录。20世纪70年代末，他耐心传授古籍修复技法。如今，全国大部分古旧书店的从业者都是他的学生或学生的学生。

如今，98岁高龄的江澄波记忆力超群，堪称古籍界的活字典。店里每一套收来的古籍，都经过他的手整理修补，编好序号，再放上书架。他的记忆力极强，说话逻辑清晰，顾客只要报出书名，他就能说出作者、成书年月、刊刻时间和大致内容。

江澄波特别喜欢和读者聊天，也很喜欢一个人安安静静地看着窗外的鸟儿。有一年，苏州大学很多小鸟没有吃的，江爷爷心生怜悯，就随手在店门口撒了些米粒，没想到从此便坚持了20多年。他说，这群鸟儿也是一个家庭，它们也经历了好几代，之所以要每天来店里，也是因为放心不下这群小鸟。

江澄波说，书店就像一个城市的眉毛，眉毛长在脸上，也许并不是最要紧的五官，但若少了这两道眉毛，再天生丽质的脸蛋都会显得美中不足。这个书店一点也不网红，就这样本本分分、安安静静，让人看了有一种踏踏实实的感觉。读者来到这里，不会打卡拍照，都只是安安静静地读书。

16岁到书店，在书店待了81年。江澄波说，自己就像一条载书送书的书船，他离不开书，就像船离不开水，一天不摸旧书，心里就不踏实。这81年里，他见证了中国文化的黄金时代，挺过了抗战、内战，等来了新中国，如今也扛过了疫情3年。他说，时代越不可测，越要有过好自己生活的定力与勇气。

如果你下次路过苏州的钮家巷，请在这棵玉兰树下停留一会儿，看一看江澄波爷爷的书店，也看一看这群小鸟。他在这间书店里安安静静地修复了3000多本古书，他也在他读的书中经历了3000多种人生。他每天都会在书店中等你，等待着某一天能有人带着一本好书来，也有人能够寻到心中的好书去。江澄波说："这些书就像我的孩子，我要为他们找到好的归宿，我才放心。"

拜访文学山房旧书店第三代店主江澄波爷爷

戴敦邦

我只是一个民间艺人

　　有位 86 岁的老人，几乎每个中国人都看过他的画，但很少有人记得他的名字。他画了一辈子的《金瓶梅》《红楼梦》《水浒传》《牡丹亭》《西游记》。他曾是风靡一时的连环画之王，他画的中小学教科书里的诗词插图陪伴了好几代人。老版《水浒传》片尾的英雄图谱，就出自他之手。

　　他叫戴敦邦，人们都叫他国画大师，但他却坚持说，自己只是民间艺人。

　　为了画《红楼梦》，他跑遍大江南北，启功告诉他古代一个茶壶如何倒水，古人摘下了帽子如何摆放等细节。周汝昌还建议他，不要在家里画，应该到郊区找一个破庙去住，如此才能体会到曹雪芹"满纸荒唐言，一把辛酸泪"的心境。

　　后来，央视筹拍《水浒传》。张纪中正在发愁一百单八将的人

拜访戴敦邦老师

物造型，看过一本戴敦邦画的连环画之后，专程到上海找他，戴敦邦不要任何报酬，答应了下来。他几乎画了一整幅宋朝风俗图，很多群众的小角色依照的就是他小时候在各种市场里看到的形象。戴敦邦准确地画出了每个人物的言行举止。后来，从服装设计到造型化妆，都以此为依据。可以说，他的连环画赋予了国画第二种生命。他笔下的众生相，似如花美眷，似水流年。

他笔下的众生有灵且美。在特殊时期，戴敦邦曾经被下放，既不能作画，也不能回家，又要时常挨批斗。有一次，他在路上走着，竟然有一群小鸭子跟着他走了下来。他走鸭也走，他停鸭就停；他挥挥手，叫鸭子们回去，鸭子们却默默地陪着他走了好几里路。鸭子们赤诚地跟着戴敦邦，直到戴敦邦拐上公路，鸭子们才止步。回头望时，鸭子们还在路边草丛里探头看他。寒冬里那些鸭子的眼神坦然明亮，叫见惯人脸瞬息万变的戴敦邦一时内心酸涩。当时他就立誓，今生不再吃鸭子。后来，不仅他，连他的家人也都如此，只为那日的一回顾，今生不再吃鸭子。有时候小动物的眼神要比人干净多了。

戴敦邦的画室在上海一间狭小简陋的民宅之中，这里甚至连空调都没有。酷暑天，戴敦帮气定神闲，一袭中式衣袍，一派仙风道骨。这里仿佛一台时光穿越的机器，保留了一些老的东西——喝茶，听昆曲，画古人，读古书。更难得的是，他保存了一套老派礼节。送别拜访者，戴敦邦蹒跚着坚持送客人走到楼门口，直到客人走出他的视线。

玄奘

九死一生，只为真理永存

　　他是中国历史上最伟大的留学生，被鲁迅先生称为中华民族的脊梁。联合国教科文组织的世界文化名人录里面只有两位中国人，一位是孔子，另一位就是他。

　　他冒着生命危险偷渡出国，孤身一人徒步 5 万多千米，穿越110 多个国家，差点儿死在茫茫沙漠中。他精通汉语、梵文、古印度语、吐火罗文等 20 多种语言，被许多国家奉为国师。但他却放弃一切荣耀，返回故里，以一己之力翻译了 1300 多卷经书，包括著名的《心经》。但晚年，他却被皇帝长期软禁，失去自由。他离世时，没有一个官员敢来参加葬礼，却有上百万长安居民走上街头，哭着为他送行。他就是玄奘法师。

　　玄奘本名陈祎（一说袆），河南人，13 岁出家，21 岁受具足戒。他曾游历各地，拜访名师。但他发现，各地的老师对于佛经的解释完全不一样，而解释出错会给人间带来很多灾难。比如，关于人如何才能成佛，有人认为人要经过好几世的辛苦修行才有可能成佛，也有人认为人不需要修行，只需要顿悟，放下屠刀，立地成佛。究竟谁对谁错呢？

为解迷惑，玄奘法师决定去佛教的发源地古印度。他上奏朝廷请求西行求法，但是被朝廷拒绝。公元629年，玄奘法师冒着生命危险，从长安出发偷渡出国，跨越千山万水，终于抵达印度那兰陀寺。玄奘法师的旅行笔记《大唐西域记》记录了他九死一生的传奇见闻，后来被明代的小说家吴承恩改编成《西游记》。

玄奘法师在古印度跟随名师学习，遍访各地，不久便声名鹊起。那兰陀寺的住持戒贤法师想传位给他，却被玄奘法师拒绝了。他说，我这么辛苦地来印度求学，就是想有朝一日回到祖国，度化大唐众生。跨越千山万水，他从印度带了600多部佛经回到长安，受到了唐太宗李世民的礼遇。玄奘法师拒绝了为官的邀请，而是选择留在大慈恩寺，用20年的时间潜心主持翻译佛经。

西安著名的大雁塔，也就是玄奘法师当年主持翻译佛经的地方——大慈恩寺，塔身内保存着玄奘法师1000多年前带回的梵文《贝叶经》。大雁塔由玄奘法师亲自负责修建，是唐朝时期世界上最高的建筑之一，1300多年过去，仍屹立不倒。

玄奘法师一生翻译了1300多卷佛经，创造了世界翻译史上的奇迹。唐太宗去世之后，唐高宗李治即位，由于担心玄奘法师在民间的影响力太大，便把玄奘软禁起来。因此，玄奘法师的晚景非常凄凉。今传的玄奘法师的画像上，他的身前悬挂了一尊香炉，玄奘法师想让自己所到之处都能让世人闻到香味，把佛陀的智慧洒遍人间。

鲁迅曾经写过这样一段话："我们从古以来就有埋头苦干的人，有拼命硬干的人，有为民请命的人，有舍身求法的人，这就是中国的脊梁。"用"舍身求法"来形容玄奘法师，再合适不过。

我 向 往 的 年 轻 人

拯救自己的候鸟

日本在很多年前就诞生了这样一种"佛系青年"，他们平日里空空寂寂，无所事事，没有自己的主张，只会模仿别人。社会上流行民谣音乐会，他们就加入民谣音乐会，有时去聆听讲道，不勤奋，也不懒惰，不放任自流，也不反省励志，但求安身立命而已。

这或许就是社会讨好年轻人的结果。

这个世界一直在讨好年轻人。

那些已经成为社会精英的中年人，也口口声声要"越活越年轻"。更可怕的是，全社会的话语和趣味都由年轻人支配，以致当下中国面临一个很大的危机——成年人文化的失落。

列奥·施特劳斯很早就把话挑明了，现代性的本质就是，"每一代都试图推翻上一代，试图创造出更进步的未来"。

在这个"90后"总是莫名其妙地感叹自己老了的年代里，我总是怀念起 100 多年前的一群年轻人。

在 100 多年前的 1918 年，中国诞生了一个名叫"少年中国学会"的青年社团，组织成员都出生于 19 世纪 90 年代后期，是 100 多年前的"90 后"。那这群当时 20 岁左右的年轻人都有谁？李大钊、恽代英、张闻天、毛泽东、曾琦、朱自清、宗白华、田汉、卢作孚、王光祈、周太玄、魏时珍、李劼人……这份名单可谓群星璀璨。

"少年中国学会"定期举办读书会，邀请文化名人讲演，以求取得学术或事业上的指导。他们的生活是乌托邦式的，很多年轻人走进乡村，每天"种菜两钟，读书三钟，翻译书籍三钟，其余钟点，均作为游戏阅报时间"。这些客居异乡的学生，摆脱了旧式家族的束缚，以相对独立和自由的个体身份面对社会、国家乃至世界。

他们提出了"人人作工，人人读书"的理想，这个社团虽然带有很强的空想色彩，但给陷于贫困失学而又渴望求学上进的青年带来了一线希望，他们将这个工读互助运动视为"实现我们理想的第一步"。

1925 年，少年中国学会在南京召开大会，愤于"军阀横行，全国人民处于水深火热"之中，认为自己不能因有长远的目标"而束身于目前艰难的时局之外"，少年中国学会正式解散。

历史似乎忘记了这个只存在了 7 年的青年社团，人们更关注他们之后在中国历史舞台上叱咤风云的身影，却不知道他们在 20 岁左右时身边有过一群怎样的朋友、读过哪些书、做过哪些梦。

把时间的车轮从 1918 年再往回倒退 22 年，到 1896 年的德国柏林，我们会看到一个名叫霍夫曼的大二学生。他带领着一群学生，从小城斯特格里茨出发，开启了一段长途旅行，他们穿过城市与村庄，最终抵达古温纳森林。白天，他们采集当地民歌，晚上弹唱吟诵、载歌载舞。他们把这次旅行称为"候鸟旅行"，把自己当作候鸟，远离故乡，重新寻找故乡。

令霍夫曼自己也没想到的是，这次只有 15 名成员的旅行，几年以后却风靡了整个欧洲，"候鸟运动"掀起了一股波澜壮阔的青年壮游浪潮。

这可能是世界上最浪漫的一群年轻人，120 多年前的他们做了我想做却没能做成的事。

当时，这群年轻人坐在山顶，眺望远方。这场青年运动的领袖费舍尔说："我们是一群候鸟，拯救自己，握紧旅行的手杖，去寻找你那已经失去的真实和坦诚。"

1909 年，一群高中生参加候鸟旅行，途中遇到大雨，他们挤在乡间教室里，在稻草堆里熬到了天亮。带队老师名叫理查德·斯尔曼，这一夜，他翻来覆去、辗转难眠，于是下定决心：一定要有一种专门为青年人设计的旅社。他回到家乡，把自家的一座废弃古堡改造成了旅馆，这就是世界上的第一家青年旅社。

"青旅"这种概念也随着候鸟运动飘向欧洲各地，增加到两万多张床位。青年旅社都有很大的公共空间，年轻人们白天背着干粮旅行，采集大地上的民歌，晚上就聚集在青年旅社的公共空间里，弹唱民谣。在斯尔曼老师的推动下，更多的青年走出校门，去远方旅行。他说："这才是真正的教育天堂。"

工业化、现代化蓬勃发展的德国，城市抛弃乡村，抛弃传统的价值理性，时代也因此失掉了它的青年。于是，成千上万的年轻人逃离城市，他们去体验、去看、去听、去怀疑、去歌唱，他们回归乡村，感受民谣、篝火、素食、禁酒、禁欲。他们拒绝做孤独而无根的城市人，脚步深深扎根在旅行过的大地上。他们觉得自己成为大自然的一部分，大自然也成为自己的一部分。他们年轻，他们热泪盈眶，他们甚至赤身裸体地在大自然中奔跑。

候鸟运动，是被压制逼迫出来的。当时的德国青年，面临来自社会、家长、学业的压力，让他们没有了属于自我的时间和空间。他们只是老一代的附庸，被排除在公共生活之外，被老师们安放在一个被动的位置上。清醒后，他们尝试塑造自己这一代人的生活，脱离老一辈古板的习惯和传统，追求一种符合年轻人本性的生活方式，而同时又建立了一种能够被严肃倾听的亚文化：一种新的高贵的青年文化。

候鸟运动发源于德国，却影响了一代欧洲年轻人。它就像一座圣洁的学校，是公共生活之浊流中不可侵蚀的真理之岛，它造就了一代新人。这代新的年轻人从一开始就比上一代人迈出了更大的脚步，从一开始就以自己的力量在更高的层面上推动着世界历史发展。

20世纪欧洲的大部分领导人、思想家在青少年时期基本都参加过候鸟运动，其中就包括我深深热爱的思想家本雅明。

那时的本雅明可谓少年风流，刚上大学的他是大学生自治会的主席团成员，在不同的学生组织和圈子里担任重要职务。他当时和几个同学组建了一个读书会，每周聚会一次，交流阅读体会，本雅明是这个读书会的灵魂。后来本雅明还在柏林租了一套公寓，取名"青年学者之家"，他们每个星期二的晚上就在这里集会，想要在城市中创造出一个可以高声诵读荷尔德林诗句的地方。

我想，如果有青年本质的话，"浪漫性"绝对是不可缺少的一点。就像候鸟运动一样，青年运动永远是和"无所顾忌""敢于行动""打破常规"联系在一起的。

无论是候鸟运动，还是少年中国学会，他们都是浪漫的。他们在各自的浪潮中扯出了一条缝隙，照亮了年轻人的心灵。

这就是100多年前的一群年轻人。他们生于不同的时代、不同的国家，但都对社会风潮有着敏感的洞察。后来的他们，有的成为勇敢的先锋，有的成为易受蛊惑的信徒、有的成为信奉享乐的实践者……

无论如何，他们年轻时曾四海为家，他们的心中有着无尽的山河。

04

活着，要有点精神

胡 适

容忍比自由更重要

他拥有 36 个博士学位，两次被提名诺贝尔奖候选人。

他领导新文化运动，被国际学者公认为中国文艺复兴之父。

他被誉为最宽容的一位北大校长，李敖曾经捐款，想为他在北大树立一尊雕像。

他曾对北大的学生说，如果你们不赞成哪位老师在课堂上的语言，就请当面与他争辩，而不是事后检举。不告密、不揭发是道德底线。

他说，容忍比自由更重要。他，就是胡适先生。

1891 年，胡适生于安徽绩溪。13 岁那年，母亲做主，给他订了婚。女方是一个缠足的传统姑娘，江冬秀。订婚后十几年，胡适与江冬秀从未谋面，他内心也曾矛盾过、抗拒过。但在 26 岁那年，留学归来的北大教授胡适还是迎娶了江冬秀。

当年林语堂到美国哈佛大学留学，经费用尽，走投无路，只好求助于胡适。不久，林语堂就收到了胡适1000美元的汇款，并且留言说，这是工资预付款，君归国之后一定要回到北京大学工作。林语堂后来读博士，又电报胡适，再次向学校预支了1000美元。

　　林语堂学成归国之后，如约到北大任教。他找到了后来的校长蒋梦麟，万分感谢，要归还这2000美元。校长很意外，哪儿来的2000美元？林语堂这才知道，学校根本没出过这笔资助费，都是胡适个人的钱。而这件事情，胡适从没有向外人说过。

　　鲁迅曾经常写文章挖苦讽刺胡适，胡适却从来不应战。相反，对于鲁迅的文章，只要认为是好的，胡适就会大力推荐。当时作家苏雪林公开评价鲁迅刻毒，而胡适专门写信劝说，评价一个人要均衡，你爱一个人就要想想他的缺点，憎恶一个人就要想想他的优点。鲁迅先生也是有很多优点的。

　　虽然鲁迅骂了胡适10年，但鲁迅去世后，胡适却从没有说过鲁迅一句坏话。鲁迅的妻子许广平想要出版鲁迅全集，找胡适帮忙，胡适就联系出版社，还出资支持，为鲁迅全集的出版奔波效力。

　　1947年，胡适牵头组建中央研究院，他不顾众人反对，提名郭沫若担任院士。但在这之前，郭沫若曾写文章公开批评胡适。而且，郭沫若的思想倾向完全是胡适的对立面。胡适先生认为，这些并不重要，他欣赏的是郭沫若的学术研究。后来，胡适还推荐郭沫若担任人文组的组长。郭沫若激动得在宴席上抱着胡适亲了一口。

除此之外，胡适还默默地资助了吴晗、沈从文、季羡林、周汝昌、李敖等很多青年学子。李敖最困难的时候，胡适曾资助过他1000元。2005年，李敖在北大演讲，表示愿意捐出35万元，希望北大能为胡适树立一尊雕像，但这个提议却没有被北大同意。到目前为止，尽管很多重要人士都曾呼吁过，但北大老校长胡适的雕塑却始终无法在北大校园里落成。

胡适去世后，超过3万名市民和学生自发前去吊唁，大家都想看一看这位"我的朋友胡适之"。胡适先生的灵柩上覆盖着一面北京大学的校旗。

季羡林曾经说，如果世间有君子，那一定是胡适。

鲁迅

毒舌，亦热诚、温厚和慈悲

  鲁迅先生在大家的认知中，更多的是一位文学家、批评家，殊不知，他还是国内顶流的设计师，设计过北京大学校徽、北洋国徽、100 多本书籍和杂志的封面。他甚至还设计过建筑和服装。

  他是著名的影评人，写过 100 多部电影的评论。他还是翻译大家，通晓多门外语，翻译过 14 个国家近百位作家的 200 多部文学作品。郁达夫说他是中国唯一的美少年，他就是鲁迅，原名周树人。

  17 岁那年，鲁迅离开故乡绍兴来到南京，前往江南水师学堂念书。这其实是一个无奈的选择。当时鲁迅的祖父因为科举舞弊案入狱，父亲病逝，家境败落，听说南京这个学校不用交学费，他就从绍兴坐船来到南京。

  由于当时祖父的案件，鲁迅被众人嘲笑羞辱，他就干脆把原名樟寿改为树人，取"百年树人"之意，从此"周树人"这个名字广为人知。后来他又从江南水师学堂转学到南京的江南矿路学堂。

在南京上学时，鲁迅总喜欢爬到江南水师学堂的桅杆上眺望风景。他喜欢开着窗户写作，当时经常有人到楼下墙角小便，鲁迅就用纸团和皮筋弹人家的屁股。鲁迅还是一个吃货，每到一个地方，第一件事情就是找吃的。有时他一个月就下了 30 多次馆子，满口蛀牙，牙痛到怀疑人生。但是刚补完牙回家的路上，他都不忘去稻香村买一点糕点。他甚至懂得时尚穿搭，曾经为自己设计过一件大衣，H 版型，立领暗扣，非常新潮。他还教过萧红穿衣之道。

南京是鲁迅走出旧式家庭的首站，也是他走向世界的起点。读书时期，鲁迅刻了一枚印章"文章误我"，表明以前读古书耽误了青春。他在《呐喊》中回忆说，到了南京，我才知道世界上还有算学、地理、历史、绘图和体操，才知道还有柏拉图和苏格拉底。

从南京毕业之后，他独自去异国求学，却屡遭欺凌，遂决定弃医从文。37 岁时，他正式以"鲁迅"为笔名，发表了中国现代文学史上第一篇短篇小说《狂人日记》，引起空前轰动。1927 年，他前后两次拒绝诺贝尔文学奖，他说中国当时的任何作家都不够格获得诺奖。作家太尿，不敢说真话，是一个时代堕落的开始。

鲁迅很倔强。为了抗议张勋复辟，跑到教育部的门口立了个牌子——"不干了"，来表达无声的抗议。同时，鲁迅先生也是一个内心充满柔情的人，他得知阮玲玉自杀的消息之后，满怀着悲愤的心情写下了《论人言可畏》一文。他非常痛惜地说道："她们的死，不过像在无边的人海里添了几粒盐，虽然使扯淡的嘴巴们觉得有些味道，但不久也还是淡，淡，淡。"

在所有的当代作家里，没有比鲁迅更懂得人性的。他说，中国人从来不怕任何灾难，不管是多大的灾难，只要是大家一起倒霉就行。从不探究真相，也不屑于别人去了解真相，灾难过后庆幸自己躲过了，嘲笑别人离去了。最后扔下一句混账话，这都是命。

你越长大，就会越喜欢鲁迅；越长大，就越懂他的不易，懂他的敏感，懂他的为国为民，懂他的寡言，懂他的悲悯，亦懂他的不甘。

南京是鲁迅看世界的一扇窗，而鲁迅也是很多人看世界的一扇窗、一扇了解人性的窗口，人们爱他的毒舌，也爱他的热诚、温厚和慈悲。每个中国家庭的书架上，都应该为鲁迅留出一个位置。

贝聿铭

我和我的建筑都像竹子

你知道法国卢浮宫博物馆的玻璃金字塔的设计者是谁吗？你知道它幕后的真正推手是谁吗？他当年被巴黎人骂得狗血淋头，他们认为金字塔太丑了。没有想到建成之后，巴黎人却又说，这是巴黎最伟大的建筑。他就是贝聿铭。

贝聿铭一生用建筑征服世界，获得了世界建筑学众多奖项。香港中银大厦、苏州博物馆、日本美秀美术馆、美国肯尼迪图书馆、北京香山饭店都是他的杰作。美国甚至为他把 1979 年命名为贝聿铭年。但他走到哪里都说，我是一个中国人。贝聿铭是现代建筑学的最后一位大师，是当之无愧的华人之光。

1987 年，法国总统密特朗说，他实在受不了卢浮宫脏乱差的环境，一定要找一个人重新设计一下，要体现出巴黎的美和尊严。几经辗转，他找到了贝聿铭先生。但是按照法国当时的法律，大型工程建设一定要进行招标投标。密特朗担心任何拖延都可能终止这项工程，于是他钻了法律的一个空子，把这项工程定义为翻修而非重建，这样就不用招标投标了。

但没有想到，当贝聿铭先生拿着设计方案向法国政府汇报的时候，竟然引发了全场的嘲讽、羞辱和谩骂。他们接受不了一个中国人来设计卢浮宫，更接受不了贝聿铭的玻璃金字塔方案。由于批评得太狠，他身旁的女翻译已经眼含泪水，话语哽咽，无法再继续翻译下去。最终，在总统密特朗和文化部部长朗格的艰难推动之下，贝聿铭的设计方案才勉强通过。

令人惊讶的是，1989年春天，卢浮宫剪彩时，所有的巴黎人都赞叹不已，称这座建筑是巴黎的女儿，还有人说巴黎应该向贝聿铭先生道歉，是他让原先一个破旧的停车场焕然一新，变成如今钻石般璀璨的玻璃金字塔。而贝聿铭先生仍然保持着一贯的低调姿态，他说，我和我的建筑都像竹子一样，再大的风雨，也只是弯弯腰而已。

毕竟，贝聿铭和他的贝氏家族都是见过大世面的。人们总说富不过三代，但是贝氏家族却富了至少15代。苏州四大名园之一的狮子林是他的私家园林，而贝家在上海还有1000多套房产。那么，培养一个贝聿铭需要多久呢？答案是500年。

贝聿铭在广东出生，在上海和苏州长大。祖父是清朝高官，父亲是著名的银行家，他从小读西式的学校，却在家里接受着儒家文化的熏陶。一边跟母亲在佛寺念经，一边在剧院吃着巧克力看好莱坞电影，这样丰富的环境使他能够自如地游走在多重文化之中。

在贝氏的家训中有这样一句话——"遗儿千秋富贵，莫若良言一句"。贝氏家族规定，所有的孩子都必须读书，必须做事。因此，贝氏家族500年来从来没有出过一个提笼架鸟的公子哥。贝聿铭给他的三个儿子分别起名为贝定中、贝建中、贝礼中，意思是安定中国、建设中国、礼仪中国。三个儿子后来都考上了哈佛大学，成为全球知名的建筑师。

一开始，贝聿铭并不打算进入建筑行业。他的父亲希望他子承父业，做一个银行家，但他拒绝了。贝聿铭一个人出国留学，攻读建筑学。在哈佛求学期间，贝聿铭向现代主义建筑创始人之一格罗皮乌斯学习。但他与老师发生了严重的分歧，他希望能够在建筑中展现更多中国传统历史的元素。贝聿铭认为，向古典学习是件难得的好事，他自己就有一点老古董的味道。古人总是用很多时间在思考建筑和景观，现在，我们做什么事情都是匆匆忙忙的，但是建筑应该是慢慢的。

1978年，贝聿铭回到祖国，他公开批评那些模仿外国的平庸建筑。他呼吁，设计师要更多地回顾中国自己的传统。他说过一句名言："越是民族的，就越是世界的。"

1999年，贝聿铭受邀设计苏州博物馆。在建造之前，他已是白发苍苍的老者。贝聿铭说着苏州话，一手扶腰，一手与街上的老居民们唠家常。在仔细走访了苏州的大街小巷，尤其是周围的园林建筑后，贝聿铭为博物馆选定了粉墙黛瓦的传统色。建筑却没有用传统的木料，而是大量运用了玻璃，让博物馆更显通透，在现代建筑里也能体会移步换景的苏州园林趣味。

在建造庭院山水时，为了找到合适的石头，贝聿铭跑了很多省份，才终于选中了山东泰山余脉的石头。这种石头晴朗干燥时是淡灰色的，下小雨时是深灰色的，下大雨又变成了黑色，颇有中国传统山水画的意味。

在贝聿铭的设计下，苏州博物馆不再是一成不变的水泥、钢筋、沙石的结合，而是真正流淌着一股传统历史文化和情感的血液。

2019 年，贝聿铭先生逝世，享年 102 岁。或许，怀念他最好的方式，莫过于来一次苏州，看一看这片养育他的土地，看一看苏州的小桥流水人家，看一看苏州博物馆。

金 庸

人生就该大闹一番，悄然离去

他是全球最著名的中国大作家之一，也是香港的商界大亨。

有人说，他是中国 5000 年来第一个发财致富的知识分子。他是徐志摩的表弟，是琼瑶的表舅，钱学森是他的表姐夫，蒋百里是他的姑父。

他一生写出了 15 部武侠作品，有华人的地方，就有他的小说。他还参与起草了《中华人民共和国香港特别行政区基本法》。他就是香港四大才子之一，金庸。

金庸说，人生就该大闹一番，悄然离去。

金庸原名查良镛，1924 年生于浙江海宁的名门望族，家族历代都是读书人，一门十进士，叔侄五翰林。金庸从小更是超级学霸，由于成绩太好，他就写了几本辅导书，分享自己的学习方法，竟然成为中国第一批公开出版的教辅畅销书，在中学时就收获了人生第一桶金。当别的同学还在领奖学金的时候，金庸已经在用自己的稿酬给别人发奖学金。但后来，金庸因为写了一篇讽刺教导主任的文章而被学校开除，被迫转学。

大学毕业之后，金庸在《大公报》任记者。31岁时，他首次以"金庸"的笔名在报纸上连载武侠小说《书剑恩仇录》，从此一发不可收，一写就是几十年，一直到1972年《鹿鼎记》后正式封笔。金庸一生写过15部武侠小说，创造了1400多个人物，"飞雪连天射白鹿，笑书神侠倚碧鸳"。后来，他还在内地著名的杂志《故事会》上发表作品，引起极大的轰动。

33岁时，已在文坛小有名气的金庸突然从《大公报》离职，去长城影业做了一名小编剧，只因为当时他的梦中情人夏梦在长城影业。金庸爱夏梦，爱得如痴如醉，但夏梦已经另嫁他人。即便如此，金庸仍然为她写了电影《绝代佳人》。这部电影获得了空前的成功，但是金庸带着无限的落寞和失意，离开了长城影片公司。在他后来的很多武侠小说中，经常能看到夏梦的身影，《神雕侠侣》中的小龙女，《射雕英雄传》里的黄蓉，《天龙八部》里的王语嫣，从这些冰肌玉骨、绝世出尘的女子身上，都能看到夏梦的身影。

其实，金庸最擅长的并不是写武侠小说，而是做传媒、办报纸。金庸坚持认为办报纸应该让人去讲真话。于是他当年主动从报社辞职，创办了香港《明报》。而为了增加报纸的销量，他就在《明报》

上连载小说《神雕侠侣》，坚持日更，使得《明报》成为香港最热门的报纸。

后来，心上人夏梦和丈夫移民了，金庸失魂落魄，一连好几天在《明报》的头版头条位置上为夏梦送别，还专门写了一篇社论《夏梦的春梦》，为自己永难忘怀的心上人送上祝福。

有人的地方就有江湖。金庸小说及其衍生的影视剧和音乐，是全球华人共同的财富。侠之大者，为国为民，金庸既有儿女情长，又有家国情怀；既在红尘浪里，又在孤峰顶上。他用一支笔描绘了最热血的江湖，能弯弓射雕的郭靖是侠，能倚天屠龙的张无忌是侠，在危难之时，所有挺身而出的人都是侠。

他说，不必武艺超群，只要怀有一颗正义善良的心，谁都可以成为英雄。

2018年，一代武侠宗师金庸离世，享年94岁。如今，金庸笔下的故事已经远去，但武侠的精神却依旧长存。你瞧，这些白云聚了又散，散了又聚，人生离合，莫不如此。愿我们都能如金庸一般，意气风发地在生活里大闹一场。

王 阳 明

能拯救我们的只有三个字：致良知

这个世界会好吗？

这是 38 岁的王阳明提出的问题。

1509 年，王阳明离开贵州龙场，到庐陵担任县令。当时发生了一场特别严重的瘟疫，比瘟疫更让王阳明痛心的，是他看到因为恐惧而引发的"人间失格"。当时为了防止传染，许多人甚至对亲人置之不顾，大量的百姓被困在家里活活饿死。王阳明很痛心，他曾经坚持认为人人可以成为圣人，但为什么在一场瘟疫面前，却看到这么多人都成了恶人？

心有忿，意难平，行无力，该怎么办？很多人劝王阳明，让他想开点。但入了心的事是想不开的，但凡有良心之士，哪一个不是伤心之人？

王阳明满含热泪写下了《告谕庐陵父老子弟》。他对当地的百姓说，瘟疫并不可怕，可怕的是人心，一旦你们的心被恐惧侵袭，就会做出丧尽天良的事。很多人并不是死于瘟疫，而是死于你们的无情。能拯救你们的只有三个字：致良知。

弟子问他，良知究竟是什么？良知在哪里？为什么我看不见它？如果圣人在世，处于和我今日一样的境地，他会怎么做？他会怎么想？

王阳明说，良知不仅仅是圣人才有的，它存在于每一个普通人的心里，只不过由于恐惧和盲从，使得它被遮蔽了。所谓的良知，就是不要用自己那一丁点的权力去为难别人，不要伤害无辜的可怜人，不要嘲笑勇敢之人。"知是行之始，行是知之成"，你缺方法，缺大环境，但你唯独不缺的，是良心。

面对庐陵县的瘟疫，王阳明只做了一件事，唤醒良知。

他在文章里说，一场瘟疫使得原本就贫穷的百姓都背上了沉重的负担，这无疑迫使弱者逃离，强者为盗。因此，身为父母官的王阳明主动给当地的百姓写了一封道歉信，他毫不避讳地说，这一切如今变成这样，不能完全归咎于瘟疫，还因为"令之不行"以及一些人的麻木和愚昧。再这样下去，恐怕会众人怨愤，激成大变。

最终，王阳明通过他的学说，不仅让庐陵县走出了困境，更让人心看到了良知的力量。他说这就是他毕生所追求的格物致知。

弟子又问，究竟什么叫作格物？

王阳明说："无善无恶心之体，有善有恶意之动，知善知恶是良知，为善为恶是格物。"当每个人都可以当下呈现良知，为善，去恶，这个世界就一定会好起来。

江湖风雨多，望君多珍重。

故宫人

文物有灵，灵在人心

　　抗战期间，故宫里的许多文物，一直被日本惦记着，想将其占为己有。为了避免国宝被日本抢走，一群故宫人带着几万箱文物开始逃难，他们历时多年，行程数万里，穿越了大半个中国。上万箱文物没有一件丢失，也没有一件损坏，创造了人类文物保护史上的奇迹。

　　1931 年"九一八事变"之后，日本在报纸上公然叫嚣，中国应该把故宫文物交给日本保管。面对日本侵略者的虎视眈眈，北平城里人心惶惶。1860 年，圆明园被付之一炬，无数文物被烧毁，被抢夺，成为国人心中永远的痛。关键时刻，故宫博物院决定把文物迁出北平城，迁往南方，即使散落各地，至少文物还留在中国。

　　当时的日本已经开始了文化入侵。在东北，日本侵略分子强迫中国儿童读日本教科书，学日本历史，讲日本话，意图在根本上灭掉中国的精神。这是一场文化仗，能够打赢他们的，只有故宫里的文物。这些文物是中国的瑰宝，承载着民族精神，见证着中华文化的有序传承。文物完好无损，中国的文脉才会永远延续，必须保护好它们。

故宫的工作人员夜以继日地秘密清点馆藏文物，希望抢在日军打进北平城之前，将所有文物打包封存。他们用绳子扎紧棉花，包裹文物，再用油纸将文物包好，放进厚木箱里面，用棉花和稻草把箱子的缝隙全部填死，最终用钢条箍住四边。为了测试效果，他们试着把箱子从城墙上扔下来，里面的文物依然毫发无伤。

四个月的时间里，故宫工作人员一共装好了13427箱又64包文物，这些箱子里装着的都是中国文化的未来。1933年2月5日晚上9点，故宫大门悄悄打开，趁着夜色的掩护，十几辆汽车、数百辆人力车从午门出来，数万件文物被分成五批，在军队荷枪实弹的保护下，被运往上海和南京。

睡梦中的北平市民并不知道，有一群人立下了与文物共存亡的誓言之后，就匆匆告别家人。一场中国近代史上规模最大、最惊心动魄的文物大迁移，就这样开始了。文物南迁路上，日军的飞机呼啸着来去，有好几次日军的炮弹就在不远处炸响，爆炸的余波甚至震裂了玻璃，万幸的是文物抵达南京时没有受到损伤。故宫的工作人员在南京朝天宫抢建库房，筹备南京博物院，给这些文物安家。

可是没过多久，"七七事变"爆发。一夜之间，南京城告急，文物告急。1937 年 12 月 9 日，这些文物再次被装箱，分成三批向西边转移。就在它们离开南京的 4 天之后，南京沦陷，日本发动了惨绝人寰的南京大屠杀，30 多万无辜南京市民被残忍杀害。而这些珍贵的文物提前躲过了炮火，一路迁徙到了湖南长沙岳麓书院的山洞里。

可是刚把文物在山洞里掩藏好，就接到密电，日军即将轰炸长沙。故宫人没有丝毫犹豫，立刻组织文物装车，再次迁移。就在车队离开不久之后，日军的飞机就俯冲下来，岳麓书院在一声巨响中陷入火海。如果再晚一刻，数万件文物的命运就将被改写。

就这样，故宫人躲避着日军的穷追不舍、狂轰滥炸，不断地改变迁徙路线。迁徙路线如此艰险，但故宫人没有放弃，依然在颠沛流离中为文物寻找着生机，因为他们曾经庄严宣誓，要与文物共存亡。

1945 年 8 月 6 日，日本广岛的上空升起了巨大的蘑菇云，9 天之后日本政府宣布无条件投降，收到消息的故宫人忍不住热泪盈眶。

离开北平之后，他们陪着文物走了十几个省份，两万余里路，熬过了十多年的光阴，终于等来了日本投降。华北侵华日军的投降仪式在故宫太和殿前举行，散落在中国各地的故宫人得到消息之后，纷纷带着文物启程，踏上回家的路。

当年被故宫人带出去的文物又陆续回到北平，数万件文物无一损毁，无一遗失。故宫人在捍卫中国文脉的同时，也缔造了人类文物保护史上的奇迹。1946 年，故宫博物院在中和殿举行文物交接大会，当时的故宫博物院院长马衡热泪盈眶地说了四个字：文物有灵。

梁启超

今日之责任，全在我中国少年

你知道"中华民族"这四个字是谁提出来的吗？这个人是近代史上罕见的天才，11 岁中秀才，16 岁中举人，是清华大学国学院四大导师之一，还将他的三个儿子培养成院士。他一生的转折点是 17 岁时遇见了恩师康有为，但后来他竟然与老师反目成仇。

他说，"吾爱吾师，吾更爱真理"，他就是梁启超。

1890 年，在广州的万木草堂，梁启超遇见了康有为，中国的历史由此改变。当时有同学告诉梁启超，广州城里有一位奇人——监生康有为，他开了一间学堂。梁启超心里非常不屑——我堂堂一个举人，他只不过是一个监生。但没有想到，两个人见面之后，梁启超完全被康有为的个人魅力吸引了。两个人从白天一直谈到深夜，梁启超感觉自己受到了"降维打击"，他过去十多年的知识体系和价值观被彻底动摇。梁启超彻夜难眠，最终决定放弃求学，投奔康有为，由此开始了在万木草堂的四年学习之旅，这为他一生的学问和事业打下了基础。

可几年后，师徒二人却反目成仇。梁启超痛批康有为是国家之罪人，他口口声声倡导一夫一妻制，自己却娶了好几个小妾。离开老师康有为之后，27 岁的梁启超写下了著名的《少年中国说》：

少年智则国智，少年强则国强……故今日之责任不在他人，而全在我少年。

在梁启超的教育之下，梁氏一门三院士，九子皆才俊。长子梁思成，中科院院士、著名建筑学家；次子梁思勇，中科院院士、著名考古学家；三子梁思忠，投笔从戎，在抗日的战事中不幸早逝；四子梁思达，经济学家；幼子梁思礼，中科院院士、中国航空航天奠基人；长女梁思顺，古典文学大家；次女梁思庄，著名图书馆学家；三女梁思懿，社会活动家；四女梁思宁，早期革命者。

梁启超在教育子女时，让每一个孩子必须学会四个品质：

第一，根植于内心的修养；

第二，无须提醒的自觉；

第三，以约束为前提的自由；

第四，为别人着想的善良。

后来，康有为的原配去世，梁启超专门前去吊唁师娘。康有为七十大寿时，梁启超也专门送去寿礼。康有为去世时，梁启超痛哭，数日披麻戴孝。他始终站在孝子的位置打理一切。"一日为师，终身为父。"

梁启超临终前，留下遗嘱，梁氏后人永远不允许加入外国国籍，因为今日之责任全在我中国少年。

钱荣初与钱达飞

天地英雄气，千秋尚凛然

月落乌啼霜满天，江枫渔火对愁眠。姑苏城外寒山寺，夜半钟声到客船。

唐朝诗人张继的《枫桥夜泊》千古流传，我们都曾在课堂上摇头晃脑地背过这首古诗。苏州寒山寺为纪念这首诗，甚至立下了一块诗碑。但千年后，南京总统府竟又出现了一块一模一样的诗碑，这两块碑究竟哪个是真、哪个是假呢？

这碑背后，其实隐藏着一个感人至深的爱国故事。

原来，《枫桥夜泊》不仅在中国流传甚广，在日本的影响也非常大，很早就被编入了日本的教科书。日本人甚至在东京也仿造了一座寒山寺，也刻了一块诗碑，上面题着《枫桥夜泊》。侵华战争期间，沾满中国人鲜血的松井石根来到苏州寒山寺，在《枫桥夜泊》

183

诗碑前合了影。他把照片寄给了日本天皇。日本天皇回信说，能不能把《枫桥夜泊》诗碑运到日本。当时日本为了获得这块碑，专门策划了一个"天衣计划"：在大阪举行东亚建设博览会，借此名义，希望把《枫桥夜泊》诗碑运到日本展览，再复制一个假的还给中国。

当时苏州寒山寺的静如法师一眼就识破了日本人的诡计，他知道诗碑到了日本肯定会被调包。所以，静如法师就以其人之道还治其人之身。他邀请著名的石刻大师钱荣初帮忙，一见面就奉上20根金条，希望钱荣初刻一个假碑。钱荣初立即答应了，但金条全部退回，这是拯救国宝，他分文不收。

钱荣初用最短的时间复制了一块一模一样的《枫桥夜泊》诗碑。但就在钱荣初复刻石碑的时候，出现了一个汉奸梁鸿志。他把钱荣初刻的假碑拦截下来，放在了南京。接下来就想直接到苏州寒山寺，把这块真碑送给日本人。

但这时，突然一场意外吓住了梁鸿志，也吓退了日本人。1939年3月20日清晨，名满天下的石刻大师钱荣初，在苏州寒山寺山门外暴毙而亡，身上有一封用鲜血写成的遗书：刻碑窃碑者死，如忘祖训，必遭横尸。

松井石根看到这封血书，当时就惊出一身冷汗。后来，他翻看资料，发现《枫桥夜泊》诗碑千年以来一直有一个传说。据说唐武宗去世的时候，把《枫桥夜泊》这首诗刻在了碑上，与自己一起合葬，并且留下诅咒，后世复刻石碑者将会不得好死。所以后来北宋的王珪、明代的文徵明、清代的俞樾，他们都题写过《枫桥夜泊》的诗碑，结果都是刚写完没多久就突然神秘去世了。本来这只是一个传说，但钱荣初突然死去，让松井石根相信了这个千年的诅咒，不再打《枫桥夜泊》诗碑的主意了。

很少有人知道，这个故事的背后其实有一个更伟大的牺牲者。那一天突然而亡的并不是石刻大师钱荣初本人，而是爱国义士钱达飞。钱达飞与钱荣初是亲戚，长相酷似。而且，钱达飞在日本留学多年，当他得知了日本人的诡计后，便主动找到钱荣初和静如法师，让钱荣初从此隐姓埋名，到别处避难，他自己则舍生取义，用血书吓退了日本人。

钱达飞找到钱荣初的时候，钱荣初根本不愿意让他顶替自己去赴死。但钱达飞谎称自己有重病在身，反正即将死了，用自己的生命来拯救这件国宝，这样死也值得。钱荣初听到这句话之后非常感动，可当时国难当前，他只能眼睁睁地看着自己的人生知己钱达飞慷慨赴死。在这场夺碑、护碑的壮举中，静如法师、钱荣初、钱达飞，用他们舍身赴死的决心在日寇面前守护住了国宝，而他们这种决绝的精神，也堪称我们这个民族真正的珍宝。

月落乌啼霜满天，江枫渔火对愁眠。姑苏城外寒山寺，夜半钟声到客船。

　　每次读到张继的这首《枫桥夜泊》，我的内心都会充满温情和敬意。

丁龙

事了拂衣去，深藏身与名

他曾在 100 多年前被拐卖到美国当"猪仔"，但是这个可怜的华人劳工却创办了全球顶尖大学里最好的一个汉学专业。

他培养出了胡适、陶行知、徐志摩、冯友兰、闻一多等构成 20 世纪上半期中国文坛半壁江山的人物。他感动了全世界，却被我们忽视了。他回国之后隐姓埋名，至今没有人知道他的下落。他叫丁龙。

1857 年，丁龙生于广东，18 岁时被卖到美国当劳工。后来，他有幸成为富豪卡彭蒂埃的用人。富豪的脾气非常暴躁，当所有人都逐渐离开富豪的时候，只有丁龙一直在他的身边，默默守护他。富豪被丁龙的善良感动了，于是让他从用人直接变成自己的事业合伙人。而在丁龙的协助下，富豪的产业涉足铁路、银行、矿产等很多领域。

丁龙终身未娶，平时节衣缩食、省吃俭用。到了退休的年龄，离开美国之前，丁龙把自己一分一分积攒的血汗钱12000美元全部捐给了美国哥伦比亚大学，这相当于今天人民币2000多万元。丁龙希望用这笔钱设立一个汉学专业，捐款人的落款是丁龙，一个中国人。

当时中国正处于积贫积弱的清朝末期，列强瓜分领土，在美国打工的华人劳工也受尽了凌辱。丁龙这个普通的中国人怀揣着一个最崇高的愿望，他希望美国人、西方人多多学习中华民族的文化和传统。他要让西方人看到，这个有着5000年文明史的古国绝非西方人眼中的贱民。而他当时想到的办法，就是在一所美国顶尖高校里面设立一个汉学系。

丁龙感动了很多人。他在美国的朋友们纷纷捐款帮助，而他的事迹后来也传到了国内，慈禧太后捐赠了5000多册图书，李鸿章和清政府、驻美使臣、武廷芳等人都纷纷捐赠。终于，西方近代史上第一个以中国人命名的文化项目诞生了。哥伦比亚大学汉学系至今仍是西方最著名的汉学系之一。民国时期，有一万多名中国人到此留学。胡适、陶行知、徐志摩、冯友兰、冯迎兰、闻一多等都在此深造。而丁龙"汉学讲座教授"这个头衔，至今也是全世界汉学学者最高的荣誉。美国纽约还有一条3英里长的马路，叫丁龙路。

但是，1906 年回国之后，丁龙就消失了。他没有留下任何踪迹，事了拂衣去，深藏身与名。丁龙的故事不是传说，也不是童话，而是一段感人肺腑的史实。这个世界上总有一些人会让你灵魂颤抖，如此平凡的人，却拥有如此高贵的灵魂，这才是历史真正应该铭记的人，永远不要忘记丁龙。

05

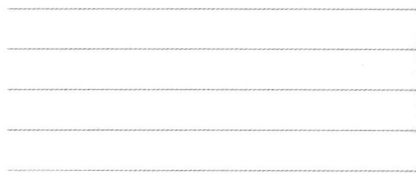

她们，已然觉醒

林徽因

她是人间四月天

　　她是中国第一位女建筑学家，但她也是被误解最多的一个女人。人们关注她的情感绯闻，却忘了她是国徽和人民英雄纪念碑的设计者，她的家族更是满门忠义。她的三位叔叔全部牺牲于黄花岗起义，远房表弟陈天华在日本跳海自杀，以身殉国；弟弟林恒是清华大学毕业后的首批飞行员，与日军作战时壮烈殉国。她就是一代传奇女子林徽因。

　　战乱年代，林徽因与丈夫梁思成一起走遍全国，保护古建筑，守护了难以计数的国宝，而自己却落下了非常严重的肺结核。有人邀请她出国避难，被她断然拒绝，她说，要与中国共存亡。后来，为了阻止北京的古城墙被拆除，她拖着病体，据理力争。但就是这样一位保护中国古建筑的女英雄，她自己的故居却在 2009 年被开发商强制拆迁了。

林徽因生于1904年，由于很聪慧，深得父亲的宠爱。16岁时，林徽因跟随父亲林长民去欧洲生活，遇见了比自己大7岁的徐志摩，她被徐志摩的诗人气质深深地吸引了。但后来她才知道，原来徐志摩已经有了妻子和孩子，便断然离开了徐志摩。

　　回国之后，林徽因遇见了梁启超的儿子梁思成。梁思成没有徐志摩那么多情，却多才多艺，他擅长绘画、书法，是清华大学管弦乐队的队长，是校运动会的跳高冠军，还翻译过王尔德的诗集。"金风玉露一相逢，便胜却人间无数。"此时徐志摩还是常来找她，为了追求林徽因，甚至与妻子张幼仪公开离婚。而林徽因回信说，你太精致，太完美，跟你在一起的日子每天都会让我惊心。后来，林徽因和梁思成一起去了宾夕法尼亚大学留学，学习建筑学。1928年，两人携手步入婚姻殿堂。

　　结婚那天，梁思成问，为什么选我？林徽因说，答案很长，我得用一生去回答。

　　在战火纷飞的动荡年代，林徽因与梁思成放弃了国外的高薪工作，回到当时一穷二白的祖国，创建了中国第一个建筑学系。当时，日本学者断言，中国没有唐代的古建筑了。林徽因听到就怒了，我就要去找出来，省得他们目中无人，以为中国人好欺负。夫妻二人顶雨冒雪，走遍全国190多个县，爬梁上柱，考察勘测过2738处古建筑，如应县木塔、肇州古桥等，守护了无数国宝级的古建筑。

后来，林徽因把个人的首饰家当全部典当了，用于支持古建筑保护事业，夫妻二人则租住在最简陋的房间里。林徽因不但没有被艰苦的生活打败，还把自己收拾得体体面面的。好友曾经送给林徽因和梁思成一副对联——梁上君子、林下美人。林徽因却说，什么美人不美人，好像一个女人除了漂亮之外，其他什么事都不用做了，我还有好些事情要去做呢。

　　1955 年，受尽肺病折磨的林徽因闭上了眼睛。梁思成亲自为妻子设计了墓碑，上面只写了七个字：建筑师林徽因墓。林徽因最好的作品其实是她的人生，她的生命中有病痛，但没有阴暗；有贫困，但没有卑微；有悲怆，但没有鄙俗。她是爱、是暖、是希望，她是人间四月天。

三毛

一生爱与自由，我都如愿

1943 年 3 月 26 日，在重庆黄桷垭的一座木楼里，一个女孩呱呱坠地。她一生恋爱五次，自杀三次，流浪了 59 个国家，只为等候一个爱人。她从自闭少女成长为天才作家，她就是三毛，一位一生为情所困的奇女子。

三毛童年时生活在南京四条巷，家里面有一间书房，三面墙都是书，有一面是窗户，窗外就是一棵玉兰树。她曾经在每一个孤独的夜晚，看见玉兰花未眠。她在《如果有来生》中写："如果有来生，我要做一棵树，一半在土里安详，一半在风里飞扬。"

三毛小时候写过一篇作文，叫《我的理想》。她说长大了，想做一个捡破烂的人，自由自在。老师说要捡破烂，现在就可以滚。在压力之下，她把作文的题目改成《我的理想是成为一名医生》，老师得意扬扬，但她却感到屈辱。

有一次数学没有考好，老师在她脸上画了一个大鸭蛋，当众羞辱她。三毛因此得了抑郁症，不得不休学在家。在家里，她读到了一本书——《三毛流浪记》，由此她给自己起了一个笔名，叫三毛，愿自己像三毛一样，流浪一生，仍愿坚信人间光明。

就这样，三毛在家里面读完了《红楼梦》等很多世界名著。而父母也发现了她的写作天赋，就把她的作品推荐给作家。在作家白先勇的支持下，三毛开始用文字记录自己的生活，重塑自己的自尊和自信。

24岁那年，三毛远赴西班牙马德里大学就读，偶遇了正在读高中的一个男孩荷西。第一眼看见荷西的时候，三毛很惊讶，她说，天哪，这个世上怎么会有这么英俊的男孩子。后来有一天那个俊朗的少年突然跑来找她，他站在一棵大树下，羞红了脸说，我有14块钱，正好够买两个人的入场券，我们一起去看电影好吗？但是要走路去，因为已经没有车钱了。

在那之后，荷西就经常逃课来找三毛，三毛每次跑下楼，都会用姐姐一般严肃的口吻警告他说，以后你不要再来了，这样逃课是不行的。后来有一天，荷西郑重其事地对她说，你再等我6年，我读大学4年、服兵役2年，等6年过去了，我就娶你，好吗？三毛当时回绝了，她说，6年太长了，我不能保证什么。

从此之后，他们两个人天涯飘零，各自辗转。毕业之后，三毛回到了中国台湾当大学老师，29 岁时和一位教师订婚。可是，她的未婚夫竟然突发心脏病，死在了自己的怀里。魂无所依的三毛重新回到了西班牙，身心残破，千疮百孔。神奇的是，三毛竟然无意间走进了荷西的房间，看到满墙都是自己的照片，三毛的心软了。原来在遥远的地方，有这样一个男孩子深情地爱着自己。在那一瞬间，三毛想起荷西对她说的很多情话，原来那些话语并不是玩笑，而是深情到骨子里、最炽热的情话。

三毛心想，有荷西这样的男孩子，我这一生还要谁呢？三毛想在撒哈拉沙漠里生活，荷西听到有点不高兴，还突然失踪了。就在三毛到处寻找时，却发现荷西已经在撒哈拉找好了一份工作，在等她。最终，他们在沙漠里举行了婚礼。

三毛曾经在书里面写，荷西问她要嫁给什么样的丈夫。三毛说，看得不顺眼的话，千万富翁也不嫁；看得中意，亿万富翁也嫁。荷西说，那说来说去，你总是想嫁有钱的。也有例外的时候。荷西说，如果跟我呢？三毛说，那只要有吃得饱的钱也就够了。就这几句对话，三毛就成了大胡子荷西的太太。

在撒哈拉的日子，条件很艰苦，但每天都是甜蜜的。三毛在家里面准备饭菜，荷西出去上班，那是三毛生命中最美好的时光。但是结婚 6 年以后，荷西潜水时意外去世。三毛得到消息之后，久久不能接受。但现实打醒了她，那具冰冷的尸体，就是她的丈夫荷西。

三毛反复对荷西说你要勇敢，要勇敢，没有我的时候你也要勇敢。

这些话像是说给荷西的，但更像是说给自己听的。失去荷西以后，三毛决定独自把这万水千山走遍。她开始了一个人的流浪之旅，走过西北的荒原，走过连绵阴雨的墨西哥，走过磅礴的马丘比丘，走过狂野的阿根廷。三毛这一生环绕地球15周，足迹遍布59个国家。

她说，这一生爱与自由，她都如愿。

1991年春天，48岁的三毛结束了自己的生命，宛如一片白玉兰花瓣飘落，"昨夜闲潭梦落花，可怜春半不还家"。她说，我们用尽一生追逐的那个人，不过是我们前世跑丢的灵魂，就是时光倒流，生命再一次重演，我选择的仍是这条同样的道路。

王贞仪

生于闺阁，心向宇宙

她是中国最早的一批女科学家中的一个，影响世界几百年，但少有国人知道她的姓名。

她20多岁就成为世界上最早发现月食规律的科学家，科学期刊 *Nature* 把她评为全球科学发展奠定基础的女科学家。金星上还有以她名字命名的陨石坑，她就是王贞仪。

1768年，清朝乾隆年间，王贞仪生于南京的一个书香世家。爷爷教她天文，奶奶教她诗词，爸爸教她医术。王贞仪8岁就能写诗，11岁写得一手好文章，在祖父的鼓励下，她对科学书籍产生了浓厚的兴趣。

全世界最早对月食成因的准确解释，就是由这位年仅20多岁的中国女孩儿完成的。她特别不明白，夜晚的月亮为什么会发光呢？她查遍古籍，苦思冥想。元宵夜，她偶然看见了镜子里面映出了花灯的影子，仿佛得到"天启"，立即钻进闺房，用极其简陋的仪器做了实验。挂起一盏水晶灯充当太阳，用圆桌当地球，控制吊灯高低的变化。终于，王贞仪破解了月食的成因，她写下了第一本科学著作《月食解》，用通俗的语言告诉老百姓月食是怎么形成的。

她还每天坚持观察天象，记录行星轨迹，写下了《经星辩》，正确推导了金、木、水、火、土五大行星的旋转方向。接触哥白尼的理论之后，她创作了《地圆说》，这是当时全中国唯一结合宏观和微观来解释人眼所见天圆地方的科学家。

由于时代的局限，王贞仪的科学研究相当艰难。她没有科学仪器；因为担心影响国家气运，被皇帝严禁；还得防着被邻居看见，以免招来闲言碎语。天文、气象都是皇家学问，民间不得擅自研究，但她凭着自己的一腔热血逆势而行。

作为一名古代女性，研究天文、研究科学的困难程度是难以想象的。她最喜欢的还是数学，结合西方的算术写下了一本数学著作《筹算易知》。古代中国的算术没有"角"这个概念，她就写下了《勾股三角解》等，成为数学学派的骨干，凭一己之力扭转了整个时代的偏见。

科学的价值观让她看到了时人的愚昧。当知识分子们为中学西学站队争吵时，她说不必吹捧，也不必有偏见，中西结合，取长补短，洋为中用。大家都是为了追求真理，中或西不过是手段和名字而已。

她甚至打破一切规则，开私塾招收男学生。离经叛道，敢怒敢言的王贞仪惹恼了很多人，有人嘲笑她"失闺阁本来面目"——瞧瞧你，都不像个女子了。

王贞仪满不在乎，男人女人有什么区别呢？大家都是人，学问不专为男人而设，女人的智慧也不比男人差。

在25岁那年，她遇见了贫寒但全然懂得她的秀才詹枚。詹枚仰慕王贞仪的才学，甘愿为她打下手，帮助她把学术成果出书流传后世。王贞仪的第一部学术著作《德风亭初集》就是夫妻二人通力合作完成的。只可惜婚后仅仅4年，王贞仪因为常年刻苦钻研，加上操劳家务而患病去世，没有留下子女。

根据现有资料统计，短短几年之间，王贞仪在天文、科学、数学、诗词等领域的著书有56卷之多，这些研究成果在西方大放异彩，国内却鲜有人知。总有这样的奇人，比她的时代更早地开化了。由于她当时没有留下照片，全世界的艺术家们开始想象着，画下她身着中国传统服装手拿望远镜的样子。

一位伟大的女性，现代科学的启蒙者，追求真理的殉道者，在人生的第29个春秋陨落，像流星一般闪耀又匆忙。在我们自己的国度曾经诞生过这样一位女中英豪，她值得被更多人奉为女神。

李 佩

容得下所有，才当得起一声"先生"

她是最美的中国女科学家，被誉为科学界的一朵玫瑰。

她培养了新中国最早的一批硕士、博士研究生，中国科学院里超过一半的科学家都是她的学生，她高贵优雅了一辈子，在99岁的时候仍然坚持一周每天穿衣服不重样，她的美曾令无数人倾倒，她的痛，却不为人知。她就是李佩，她一生都是时间的敌人。

李佩，1917年生于镇江的书香门第，从小拒绝裹小脚，拒绝包办婚姻，19岁时考入北京大学经济学系，抗战期间进入西南联大求学，还担任了西南联大学生会副主席。毕业的时候，李佩作为中国妇女代表，出席了第一届世界妇女大会，之后前往美国康奈尔大学留学。

留学期间遇见了才华横溢的郭永怀，二人一见倾心，喜结良缘。郭永怀是享誉世界的大科学家，钱学森曾说，假如我钱某人能够抵得上 5 个师，那郭永怀先生的价值至少要达到 10 个师。

新中国成立之后，李佩和丈夫郭永怀决定放弃美国优渥的条件回到中国，但却受到美国的重重阻挠。在一次篝火晚会上，丈夫郭永怀将自己数年的研究手稿全部扔在了火堆里，他说美国千方百计不让我带回这些资料，烧了无所谓，反正我都记住了。归国之后，郭永怀立刻投入国防科学研究中，他是"两弹一星"的功臣元勋，也是唯一在核弹、导弹、人造卫星三个领域都有卓越贡献的中国科学家。

然而一场悲剧改变了这个家庭的命运。1968 年丈夫郭永怀正在进行中国第一颗热核弹头发射实验，在实验中发现了一条重要的数据线索，着急赶回北京报告，但是飞机却意外坠毁，搜救队在现场发现了两具紧紧拥抱在一起的尸体，费了好大的劲才将两个人分开。那两个人一个是郭永怀，一个是他的警卫员牟方东，而那只装有绝密数据的文件夹在他们的胸前完好无损，在生命的最后时刻，他们没有丝毫犹豫，用生命守护住了那份珍贵的文件。

在郭永怀牺牲的第二十天，中国第一颗热核导弹试验获得了成功；两年之后，由他参与设计的"东方红一号"人造卫星也顺利发射升空，只是他再也没有机会看到了。

丈夫郭永怀去世之际，李佩正在遭受极其不公正的待遇，连续6 年接受审查和劳动改造，十几岁的女儿也远赴内蒙古当知青，而后来，李佩唯一的女儿也病逝了。多年之后李佩终于得到了公正的待遇，但她当时已经是一位白发苍苍的老人，没有人能够理解中年丧夫、晚年丧女的李佩，该有多么痛苦和孤独。

她筹建了中国科学院研究生院英语系，培养了新中国最早的一批硕士、博士研究生，而当时国内没有研究生的英语教材，她就自己编写，这些教材一直被沿用至今。李佩因此被誉为中国应用语言学之母。1979 年中美正式建交，李佩帮助新中国第一批自费留学生走出国门，当时没有托福和 GRE 考试，李佩就自己出题。

81 岁那年，她创办了《中关村大讲坛》，比央视的《百家讲坛》还早、规格还要高。她邀请国内外顶尖科学家、人文艺术领域的大家开讲，而且免费向社会开放，所有费用都由她个人出资补贴，这个论坛坚持了 600 多期，成为影响好几代人的知识圣殿。李佩说，我开办大讲堂就是想回答钱学森之问，这个时代还能培养出大师吗？她的答案是，要有自由，要能争论。

2007 年，李佩将全部积蓄 60 万元捐给了中科院，设立了奖学金，有人建议她搞仪式，她说捐就捐，要什么仪式，像是做了一件极为平常的事情一样，捐完就结束了。

晚年的李佩一直蜗居在小小的屋子里，她身上穿的一直是几十年前的旧衣服，却永远干净整洁，头发梳得整整齐齐，有时还会化上淡妆，从来没有邋遢的时候，即使生病行动不便，也仍然坚持自己上厕所，不给别人带来麻烦。

杜拉斯曾经有一句名言："你年轻时很美丽，不过跟那时相比，我更喜欢现在你经历了沧桑的容颜。"李佩坐在那里就有这样一种让人惊艳的独特气质。

2017 年，100 岁的李佩离世，后人将她与郭永怀的骨灰合葬在中国科学院。李佩女士见过太多是是非非、潮起潮落，她把高贵融进了骨子里，她内心能容下任何湍流，也当得起一声"先生"，她是中国科学院最美的玫瑰，也是永远的李佩先生。

何 泽 慧

我做的事都不合时代

　　她是中国第一位女院士，居里夫人是她的证婚人，她的家就是价值连城的苏州园林网师园，但她毫不犹豫地把网师园捐给了国家，自己却蜗居在 20 平方米的破房子里。

　　她是中国第一位物理学女博士，却被安排扫了 10 年的厕所，但她从不抱怨，她是中国原子能科学事业的创始人，被西方称为比核弹还厉害的女人，但她低调了一生，90 岁时还挤公交车去上班，她叫何泽慧。她与丈夫钱三强一起，推动了我国科学的发展，她是一位低调的精神"贵族"。

　　何泽慧，1914 年生于苏州的名门望族。何氏家族在清朝就出过 100 多位进士、举人和秀才，她的外祖父是蔡元培的老师，父亲是民国高官，母亲和姐姐都是物理学家，她家是真正的书香门第。小时候，何泽慧经常拿着张大千的画叠纸飞机玩。18 岁那年，何泽慧以女状元身份考入了清华大学物理学系，成为叶企孙的学生。而成绩排在第二名的同学叫钱三强。钱三强来自江南钱氏家族，是国学大师钱玄同之子，家学渊源深厚。何泽慧与钱三强二人在清华园相遇之后，成了彼此一生的挚爱，"成为你近旁的一株木棉，并肩而立"。

毕业之后，钱三强去法国留学，成为物理学家居里夫人的助手。何泽慧去了德国，学习实验弹道学。由于当时军事学科不收女学生，何泽慧就特别诚恳地给学校写了一封信，她说我的祖国正在遭受日本侵略，我学习这个专业，是为了打败日本侵略者。她的真诚打动了学校，因而成为全世界第一位学习弹道学的女学生。

当时时局紧张，规定书信不可以封口，而且仅限25个字。钱三强就给何泽慧写了一封极短的求婚信，他说经过长期通信，我向你提出结婚的请求，如能同意请回信，我将等你一同回国。

何泽慧的回复更简单——感谢你的爱情，我将对你永远忠诚，等我们见面后一同回国。

半年之后何泽慧就提着一只行李箱只身前往法国，在居里夫人的见证下，两个人举行了婚礼。

在法国实验室里，何泽慧发现了铀裂变的新方式，轰动了科学界，被称为"二战"之后物理学上最有意义的一次发现，成为各国争抢的对象，但她却选择和丈夫一起回到了当时一穷二白的祖国。

回国后，何泽慧主持建成了我国第一台核反应堆与回旋加速器，担任中子物理研究室主任。在没有资金、没有技术、没有人才的情况下，夫妻二人硬是凭借着智慧、执着和热情，建立了新中国第一支核物理研究队伍，为中国核事业奋斗了半个世纪，为两弹的研发立下了汗马功劳。

2011 年，低调一生的何泽慧走了，享年 97 岁。去世之前，甚至没有邻居认识她。

2017 年，中国首颗空间 X 射线望远镜被命名为"慧眼"，而这个名称正是为了纪念高能天体物理学家何泽慧。往事如烟，这位震惊世界的中国姑娘，因为低调，她的名字被掩盖在许多科学家的背后，但她是真正的中国科学巨匠。向伟大的科学家何泽慧致敬！

潘玉良

人有两次诞生，肉体的和精神的

潘玉良女士，你好吗？我来到了你的城市，却迟到了整整 100 多年。

1923 年，你到巴黎求学，谁也没有想到，你能从一个风尘女子逆袭成为第一个被卢浮宫收藏作品的中国画家。

巴黎经常下雨，就像你凄凉的身世。你 1 岁丧父，2 岁时姐姐死了，8 岁丧母，孤苦伶仃的你，13 岁时被亲舅舅卖到了青楼。你从青楼逃跑了十多次，每次都遭到毒打。每天晚上，你总是使劲地擦洗身体。你渴望在茫茫人海中遇见一个人，他能把你救出去。

有一次，你在宴会上给客人弹唱琵琶曲，"花落花开自有时，总赖东君主……若得山花插满头，莫问奴归去"。这时，一个叫潘赞化的客人问你，这是谁的词？你说，这是一个和我有同样命运的人作的词。这个叫潘赞化的男人为你的身世流泪，更对你充满爱意。

"同是天涯沦落人，相逢何必曾相识。"他以200银圆把你赎了出来，娶你回家，而你从此改名为潘玉良。

多少人曾爱你青春的容颜，假意或真心，但只有一个人爱着你虔诚的灵魂。他耐心地教你读书，教你画画。你说，你不想当一个花瓶。终于，你以素描第一名的成绩考入了上海美专，却被拒绝录取，就因为你曾经风尘女子的身份。校长刘海粟先生顶住了舆论压力，录取了你，而你的人生从此掀开了新的一页，你成了中国最早的一批女大学生中的一员。

你说自己必须画画，就像溺水的人必须挣扎。没有模特，你就跑去浴室画，被人轰出来。最后，你干脆把自己脱光了，对着镜子来画。然而，同学们总是背地里羞辱你，说你一辈子都是风尘女子。你想离开这里。

1923年，你终于考上了巴黎国立高等美术学校，与徐悲鸿成为同学。不到30岁，你的作品就入选了罗马国际艺术展，并且获得金质奖章，你成了欧洲的艺术新秀。但你却说，我要回国，要回到爱人身边。你回到了上海美专，出任西画系的系主任，又被当时的国立中央大学艺术系聘为教授。谁也没有想到，曾经在阴沟里仰望挣扎过的你，竟然成了中国最高学府的教授。不久，你还举办了"中国第一个女西画家画展"，这是中国女画家从来没有过的壮举，震惊了整个中国画坛。

而在山河破碎之时，你热心地举办义卖画展，支持抗战。然而，在你事业红火之时，仍然有很多的流言蜚语，甚至有人说，你的画是风尘女子对嫖客的颂歌。有一次，你亲耳听到有人说"凤凰死光光，野鸡称霸王"，你直接上前抽了那人一记耳光。

　　你对这样的环境厌倦了，你再次选择离开，来到法国。你和潘赞化起初是书信往来，但后来由于抗战爆发，通信中断，你和赞化失去了联系。1958 年，中国画家潘玉良画展在法国巴黎隆重举行，盛况空前，你受邀成为巴黎的荣誉市民，你成了华人的骄傲。你多想与潘赞化分享这个喜讯，却只收到了潘赞化的来信，信中说国内气候异常，让你先别回国。

　　5 年后，法国与中国正式建交，大使馆代表专程来看望你。直到这时，你才知道赞化早在几年前就已经离开人世，他怕你悲伤，临终前让儿媳模拟他的口吻一直在与你通信。知道这一切的你哭了，当年逃跑被毒打时你没有哭，在上海美专被恶意攻击和凌辱时你没有哭，在巴黎面对无数孤独的漫漫长夜你没有哭，但听到赞化已经撒手人寰的消息时，你忍不住涕泪横流。

　　我去巴黎看了你的墓地，你当年是穿着中式旗袍下葬的，你不允许法国政府处理你的作品。20 世纪 90 年代，经过多方努力，你的 2000 多件艺术画作终于回到了祖国，而你将继续长眠于巴黎。

董竹君

不能随心所欲，干脆随遇而安

她是风尘女子，后又成为都督夫人。

她多年惨遭家暴，最终勇敢离婚，带着四个女儿远逃。她艰苦创业，终于成为上海滩的商界大亨，接待过 400 多位各国元首，90 多岁时依然优雅动人，她就是董竹君。

1900 年，董竹君出生于上海一个底层家庭。13 岁那年，迫于无奈，父母将她抵押给青楼。由于歌声婉转，长相清丽可人，董竹君很快就成为青楼头牌。15 岁时，她遇见了夏之时，在她看来，这个男人高大英俊，24 岁便担任了重庆蜀军政府副都督。夏之时想帮董竹君赎身，但她拒绝了。她想靠自己逃出青楼，这样才不会在日后被丈夫奚落为你是我拿钱买来的。她通过装病、哭闹等各种方式，终于在一个夜晚逃出了青楼，靠自己赢得了自由。

她向夏之时提了三个要求：第一，明媒正娶，绝不做小老婆；

第二，送她出国读书；第三，成家之后，男主外，女主内。

就这样，15岁的董竹君和27岁的夏之时举行了婚礼，从青楼女子到都督夫人，她完成了人生中的第一次逆转。

婚后，董竹君跟随夏之时到日本。在日期间，董竹君在丈夫所请的家庭教师的帮助下，努力学习外语和数理化知识，经常读书到深夜，不断地开阔着自己的眼界和思维。后来，她努力补习法文，欲前往法国留学，但丈夫夏之时不同意，遂于1917年携女儿从日本返回中国。

董竹君不在夏之时身边那段日子，夏之时在派系斗争中跟错了人，自此彻底退出了政治舞台。事业不如意，导致夏之时完全没有了上进心，整天抽鸦片、打麻将，而且脾气越来越暴躁，稍有不顺，就拿妻女出气，打孩子，砸东西。婆婆更是嫌弃她青楼出身，对她处处挑剔。重男轻女的思想，让连生四个女儿的董竹君在家里更加没有地位。而最让董竹君伤心的是，丈夫整天用语言羞辱她。

董竹君不满意被困在这样的家里，她开始创业。她建立了织袜厂和黄包车公司，但当时局势混乱，董竹君的企业被迫关闭。在丈夫的嘲笑羞辱下，董竹君选择离婚，净身出户，带着备受轻视和虐待的四个女儿逃出家门。丈夫嘲讽她不自量力，早晚会后悔到跳黄浦江。董竹君说，我很感激你当年把我从火坑里救出来，但没有想到，你是一个更大的坑。

董竹君通过变卖家当又联合股份，终于凑足钱开办起民族企业群益纱管厂，又创办了艺术杂志《戏剧与音乐》，宣传女性独立的进步思想，引起了空前的反响。1932年，淞沪抗战爆发，董竹君的工厂被日本的飞机炸毁，刊物也被迫停刊。董竹君被关押了四个多月。

获得自由之后，董竹君面临着母亲逝世，父亲病重，身负外债，纱厂破产，捕房勒索，陷入苦闷的她曾经想过自杀，但最终还是选择了积极地直面困难。董竹君拿着借来的2000块钱，创办了锦江川菜馆，经营川菜。后来生意红红火火，蒸蒸日上，就连杜月笙、黄金荣来吃饭都得老老实实地排队。董竹君逐渐成为上海滩成功的女商人。

1937年，上海沦陷，董竹君创办了《上海妇女》杂志，刊登各地妇女的抗战事迹。日本人让董竹君在日本办锦江分店，董竹君严词拒绝。日本人对她威胁恐吓，更是派刺客前去刺杀她，但她从来没有向日军低头。

上海解放后，董竹君遵照政府指示，在原有的企业基础上创办了锦江饭店，并把个人的全部财产捐给了国家。但在20世纪60年代，董竹君遭受了不公正的待遇，不幸入狱。在监狱里被关了6年，直到1979年，董竹君才被平反。

1997 年，97 岁高龄的董竹君辞世，传奇的一生就此落幕。她曾在自传里面写道，我从不因被曲解而改变初衷，不因冷落而怀疑信念，亦不因年迈而放慢脚步。

吕碧城

我到人间只此回

她是中国最早的女记者、女编辑之一，23岁成为大学校长。

她是商界大佬，却把个人拥有的财富全部捐给国家。

她与秋瑾齐名，号称南北二女侠。她是女权运动的先驱者，终身未婚，被称为民国第一圣女，风华绝代，却皈依佛门。她就是传奇女子吕碧城。

生于乱世，自成佳人。吕碧城1883年生于安徽的书香世家。5岁的时候，吕碧城与父亲一起游园，父亲吟出一句"春风吹杨柳"，碧成不假思索地对出"秋雨打梧桐"。父亲很惊喜，没有想到女儿小小年纪就有如此咏絮之才。在父亲的栽培之下，碧城很小的时候就成为名动一方的才女。但是，在12岁那年，父亲突然病逝。她的命运急转直下，族人霸占了家里的房子和财产，赶走了碧城母女，早年与碧城定下亲事的汪家还提出了解除婚约。她只能投靠舅舅生活。她想报考天津女学堂，但被舅舅骂了一通，舅舅说，你个女孩子家都被退婚了，还想抛头露面，简直不成体统。

碧城连夜逃出来，一个人上了火车，出去漂泊，闯荡江湖。幸运的是，她遇见了人生中的贵人，《大公报》的创始人兼主笔英敛之。英敛之特别欣赏吕碧城的才气和胆识，在他的引导下，吕碧城成为中国新闻史上第一位女编辑，发表了一系列影响力极大的文章。

有一天，一位读者来到报馆，寻找吕碧城。这位读者身穿男装，风度翩翩，竟然是大名鼎鼎的女侠秋瑾，原来秋瑾也曾经用碧城作为笔名，当她读到了吕碧城的文章之后，非常感动。秋瑾没有想到，碧城不仅年轻貌美，而且志存高远。她说，"碧城"这个名字从今以后就给你用了，我不会再用了。不料想三年之后，秋瑾罹难，年仅32岁。吕碧城冒着杀身之险，把秋瑾的尸体收殓安葬在西湖边，她还写作了《革命女侠秋瑾传》，发表在国内外的报纸上，引起空前反响。

在英敛之的引荐之下，吕碧城参与投办了北洋女子公学。当时，她年仅23岁，就成为中国近代教育史上第一所女子师范学堂的校长。在英敛之的举荐之下，吕碧城又成为北洋政权总统府的机要秘书。

但是几年之后，袁世凯公然准备复辟称帝，吕碧城深感失望，索性急流勇退，辞职下海，投身商界，以她超凡的才干、过人的胆识和江湖儿女的义气，很快就成为富甲一方的女商人。这期间，她还苦学外语，赴美留学，入哥伦比亚大学旁听，攻读文学和美术。她穿着十分大胆，在那个清一色穿旗袍的年代，她却敢穿露背装，更是以一袭孔雀纱裙，头戴三根羽毛，成为舞会上的焦点。

吕碧城的追求者众多，袁世凯的公子袁克文更是对她穷追不舍。但吕碧城活得太通透了，她看惯了十里洋场的逢场作戏，只想寻觅一位灵魂伴侣，得之我幸，不得我命。物质上，她的财富极为充裕；精神上，她高度独立。吕碧城不会穷尽半生去依托谁，更不屑于追逐他人赋予的安全感。

抗战爆发之后，她多次捐款，帮助流离失所的难民。47岁那年，她皈依佛门，从一个最激进的女权主义者变成一个佛教徒。她在全世界巡回演讲，用佛教的慈悲理念，呼吁护生戒杀，成为最早的一批动物保护主义者。

1943年，60岁的吕碧城在念佛声中含笑往生。她临终时立下遗嘱，把全部财产捐赠给国家和社会，把骨灰和面粉和在一起制成小丸，抛入海中，供鱼吞食，并作绝笔诗：

护首探花亦可哀，平生功绩忍重埋。匆匆说法谈经后，我到人间只此回。

吕碧城的一生，不乱于心，不困于情，一如既往地保持独立与清醒。"生如夏花之绚烂，死如秋叶之静美"，这句诗是对她最完美的诠释。

陈衡哲

不能选择出身，我便选择造命

　　她是中国第一位大学女教授，培养出了林徽因、张爱玲、谢婉莹等一众才女，但很多人根本没有听过她的名字。她是新文化运动中第一位使用白话文写作的女作家。晚年经历被抄家的虐待时，她依然对未来充满信心。她说，中国人喜欢一时冲动，但不会一直头脑发热。她叫陈衡哲。

　　陈衡哲1890年出生于江苏常州，祖父做过知县，父亲是举人。她4岁开始读《黄帝内经》和《尔雅》，后来受到舅舅的启蒙，学习西方的科技；7岁，她拒绝缠足；13岁，她独自去广州读书。可当她去学校报名的时候才发现，学校只收18岁以上的学生。无奈之下，她只好住在舅舅家里。

　　舅舅曾经告诉她，世人对于命运往往有三种态度：其一是安命，其二是怨命，其三是造命。舅舅说，衡哲，我希望你能造命，我也相信你能够造命。

在舅舅的鼓励下，陈衡哲以全国前三名的成绩考上了清华大学的首批留美学生。可是父母却不同意她去留学，希望她回家结婚，安心当一个少奶奶，陈衡哲却坚定地回绝了父母的好意，说自己不愿意结婚。

陈衡哲说：第一，已婚女子能够享受的自由非常有限；第二，她不想经历分娩的痛苦；第三，她无法忍受和一个陌生人结婚。

面对父母的不理解和外人的嘲笑，陈衡哲依然不改自己的选择。她觉得女人不应该只是被定义为贤妻良母，女人要活出自己的价值。而摆脱这种生活的唯一方法，就是读书。

陈衡哲成为中国第一批摆脱裹小脚传统的女性中的一员，还独自去美国留学。在留学期间，陈衡哲发表了文化史上第一篇白话小说《一日》。这篇小说给她带来了一批追随者，其中包括大才子胡适。两个人一见钟情，彼此欣赏，相互倾慕。然而，就在陈衡哲与胡适情投意合之时，胡适却突然接到了母亲的一封信，母亲要求他回国完婚。一边是母亲包办的婚姻，一边是自己的初恋爱人，胡适一时之间陷入了两难。可终究，他还是敌不过孝道，选择听从母亲的话，回国和江冬秀完婚。得知这个消息，陈衡哲大哭一场，随即决定放下这段感情，放下胡适。即使再爱胡适，她也不愿意插足别人的婚姻。

得知陈衡哲失恋之后，她的另一位爱慕者大才子任鸿隽前去向她表白。陈衡哲被他的真情打动，最终二人成婚。结婚之后，陈衡哲受到北大校长蔡元培的邀请，出任北大教授，教授戏剧和西方历史。陈衡哲由此成为中国第一位大学女教授。也正是在这一时期，在她的引领之下，诸多的才女走向社会，冰心、林徽因、张爱玲等都是陈衡哲的追随者。

在北大任教期间，陈衡哲和胡适成为同事。但此时两个人都有了各自的家庭，他们始终保持克制，没有逾矩。陈衡哲把胡适的照片放大尺寸，悬挂在自家的客厅。而胡适给女儿取的名字，就是陈衡哲的笔名。二人在心里面默默祝福彼此。

后来抗战爆发，无数人被迫中断学业。然而，陈衡哲从未放弃对于子女的教育，在她的教导下，大女儿和儿子都考上了哈佛大学。

晚年，陈衡哲双目失明。20世纪60年代末，她珍贵的照片、书稿、诗作全被大火烧毁。但她很清醒地说，头脑发热的人也只能逞强一时，不可能长久地发热，这一切会结束的，因为历史总有它的规律。

1976年1月，陈衡哲因肺炎逝世，享年86岁。回顾自己的一生时，陈衡哲说，人的一生只有一件事不能选择，就是自己的出身，其他一切命运都是自己选择的结果。

我与我周旋久，宁作我

张爱玲

出名要趁早，为钱更为独立

她是民国时期当红的天才女作家，但也有人说她是最不幸的女人，她就是张爱玲。

世人都知道她的独立与才华，却不知道张爱玲过得有多辛苦。

张爱玲出生于上海的名门贵族，曾外祖父李鸿章、祖父张佩纶都是晚清重臣。但是她的父亲却沉迷于吃喝嫖赌。4岁那年，母亲离家出国，留下张爱玲与姨奶奶一起生活。10岁那年，父母离婚，张爱玲跟随父亲生活。父亲后来再婚，可张爱玲与继母的关系并不好，经常遭受继母的毒打，甚至父亲也揪住她的头发对她拳脚相加。张爱玲很小就得了严重的痢疾，但父亲既不请医生，也不买药。张爱玲病了半年，差点儿死去。她托人带信给母亲，说我想跟着你，但被母亲拒绝。

在一个漆黑的夜晚，17岁的张爱玲冲出铁门，逃离了这个家庭，住在姑姑家的公寓里。1939 年，张爱玲考入了英国伦敦大学，但当时日军侵华的炮火阻断了行程，她只好转入香港大学念书。为了省钱，她在学校里面吃最便宜的饭菜。她不坐车，而是选择走路，走很远的路去补课。

张爱玲在学校过得非常艰难，但她的学习成绩出奇地好。有一位历史老师知道了她的境遇之后，自掏腰包送给她 800 元的奖学金，张爱玲高兴坏了，跑去和母亲分享，母亲说你先把钱放在我这里，没承想第二天母亲就打牌输掉了这笔钱。张爱玲伤心到了极点，她说这 800 块钱是世界上最值钱的钱，可以支撑我一学期的生活费，结果竟然被母亲打牌输掉了。母亲甚至还质疑女儿，说她是和历史老师私通才获得的这笔特殊的"劳务费"。

后来战争越发严重，物价飞涨，张爱玲在走投无路的时候写信问母亲要生活费。但母亲说，钱我是没有的，你要么嫁人，要么自己想办法。这段时间，张爱玲过得非常艰难，她决定发挥自己的特长——写作。她挨家挨户给杂志社投稿，靠着微薄的稿费来养活自己。她后来在文章里说，用别人的钱，哪怕是父母的财产和遗产，也不如用自己赚来的钱得到的自由更自在，良心上非常痛快。

1943 年，张爱玲写出了《沉香屑》《倾城之恋》《金锁记》，短短两年，便红透了整个中国。这时，张爱玲喊出了那句至理名言——出名要趁早。为什么出名要趁早？她觉得越早获得经济独立，便越早能够获得人格独立。

张爱玲的读者非常多，其中有一个人改变了她的命运，他叫胡兰成。胡兰成主动上门拜访，说他爱上了张爱玲。张爱玲特别感激胡兰成能够懂她。但是张爱玲后来才知道，原来胡兰成已有妻子。她拒绝了胡兰成，然而胡兰成却对她死缠烂打。在这之后，张爱玲也死心塌地地爱上了胡兰成。后来，24岁的张爱玲与胡兰成结婚了，没有婚礼，张爱玲说：

见了他，她变得很低很低，低到尘埃里，但她心里是欢喜的，从尘埃里开出花来。

很多人替张爱玲惋惜，觉得不值得，张爱玲却在《半生缘》里回答说，你问我爱你值不值得？其实你应该知道，爱就是不问值不值得。

因为胡兰成做过汉奸，战败之后只能改名换姓去逃亡。张爱玲翻山越岭去寻找他，却发现胡兰成正和一个寡妇搞在一起。张爱玲决定离开，但内心非常不舍，她连续9个月给胡兰成寄生活费。一直到1947年，张爱玲选择与胡兰成离婚，并且送给了胡兰成30万元的生活费，这是她当时全部的稿费积蓄。

张爱玲一生最恨不彻底。她说，爱得不彻底，恨得不彻底，忘得不彻底，就连盲目得都不够彻底。所以她选择彻底离开上海，离开这一切，独自一个人到了美国。后来张爱玲遇到了一个比她大30岁的不知名作家赖雅，半年之后两个人就结了婚。可是赖雅后来两次中风，导致瘫痪，张爱玲不得不承担起看护的压力和生活的重担。赖雅去世那一年，张爱玲47岁。此后，她一直在美国孤身过着简单的生活。有社交恐惧症的她，离群索居，就像童年时期一样，把自己关在一个简陋的小房子里，饱受病痛折磨。

1995年，张爱玲孤独离世，死后一个星期才被人发现。此前，她整理好各种重要的证件和信件，装进手提包，放在靠门的折叠椅上，就这样清清白白又冷冷清清地走了。

有人一生被童年治愈，有人一生都在治愈童年。张爱玲的一生都在渴望着爱，渴望着被爱，然而所遇非良人。她是那么热烈，又是那么孤独。

蔡 元 培

在荒原，播撒美的种子

他先后辞职 8 次，却被称为永远的北大校长。

他给北京大学写了 8 个字的校训，今天的北大却鲜少提起。

他说，千万不能让北大沦为只为精英权贵服务的地方，应该让更多的寒门子弟有机会进入北大。

他在 100 多年前就提倡美育，创立了国立中央博物院筹备处（现南京博物院）。他说，一个没有审美的民族，是不知道善和恶的，也就不知道真和伪。所以，他毕生都在荒原播撒美的种子，他就是蔡元培。

蔡元培出任北大校长之后意识到，如果连教育都堕落，那一个社会必然会堕落。蔡元培踏进北大校门的第一天，校工排队在校门口向他行礼，而蔡元培也郑重地脱下礼帽，鞠躬还礼。此后的每一天，他都会向校工们认真鞠躬。做到这一点的北大校长，只有蔡元培一个人。

任教期间，蔡元培坚持在中国的大学教书就要说中国的语言，这是毋庸置疑的底线。当时北大的校务会议多用英文，蔡元培上任之后，规定开会一律使用中文。此举引发很多外国教授的反对，蔡元培反问，假使我们去美国教书，你们也会因为我是中国人，而在开会的时候说中国话吗？

蔡元培先生在开学典礼上说，大学不是贩卖毕业证的机关。大学生要以研究学术为天职，不以大学为升官发财之阶梯。当时北大学生大多来自官宦或者富豪家庭，而寒门子弟却很难有机会考上北大。蔡元培先生就大力推广旁听生制度。他说，每个人都有求知的权利，大学应该是对外开放的。丁玲、茅盾、沈从文都是靠着在北大旁听而成为一代大家。沈从文说，那个时候，全天下的读书人都可以是蔡元培的学生。

蔡元培在任命教师时不拘一格。他任用了陈独秀当文科学长，而陈独秀连学历都没有。为了让陈独秀到北大教书，他甚至帮助陈独秀伪造了一份学历。梁漱溟把论文寄给蔡元培，本想着去北大读书，蔡元培看到之后，竟然说你可以来北大教书。梁漱溟说，蔡先生，可是我只有初中学历啊。蔡元培说，才华是读书人的通行证。就这样，梁漱溟到了北大任教，成为一代哲学大师。

蔡元培兼容并包，思想自由。他誓死捍卫学术争论，既包容不同意见，也包容异端。当时有一位怪学问家叫张敬生，写了一本奇书，叫《性史》，把房事当成一门正式的学问来研究。当时的人们大骂他伤风败俗，有辱斯文。而到了蔡元培这里，就一句话：张先生的研究蛮好的，他可以来北大教书。为了反对行政力量干预北大的教学，他曾经写下不愿再任北京大学校长的宣言。他说，我绝对不能再作为不自由的大学的校长，思想自由是全世界大学的通例。

在他包容的教育理念下，当时的北大群星璀璨，大师辈出。有27岁的胡博士胡适，有拖着辫子的辜鸿铭，也有横眉冷对的鲁迅。鲁迅曾经点名批评蔡元培，说自己和蔡校长"气味不投"，蔡元培却并不生气。1927年，鲁迅生活极为窘迫时，蔡元培知道了，又聘任他作为特约著作员，每个月不用上班，白给300块大洋。

许多知识分子说，真正心疼读书人、真正有度量的读书人，全天下大概只有蔡先生。当年在法国看到徐悲鸿经济困难，蔡元培先生甚至用个人积蓄资助了他5000法郎。

蔡先生一生都在资助别人，但是他自己死后无一间屋、无一寸土。就连1000多元的医药费用蔡夫人都无力支付，最后只能典当衣物。处理丧事，连他的棺材都是商务印书馆的同人帮忙众筹的。

如今，大学虽已遍天下，可世上再无蔡元培。蔡先生当过高官，做过校长，可他这一生，自始至终都是一个清白的读书人。

陈寅恪

先生之风，山高水长

他是全中国最博学的大师。他精通 20 多种语言，被称为教授中的教授。他就是陈寅恪。

在陈寅恪身上，你能看到真正的文人风骨。陈寅恪在德国留学 10 多年，却从来不要文凭，不图虚名，他做文人更是没有半点谄媚。从 1910 年开始，他先后求学于德国柏林大学、瑞士苏黎世大学、美国哈佛大学等，掌握梵文、希伯来文等 10 多种语言。但留学 16 年间，他没有考取一个学位，在他看来，文凭不过是废纸一张，只要能学到真知识，有无学位并不重要。

在德国读书的时候，陈寅恪的生活非常清苦。每天一大早，他就买少量最便宜的面包，在图书馆里一坐就是一整天，整日不吃正餐。他能够和德国人说柏林方言，和法国人讲巴黎土话，被称为行走的字典。英国牛津大学邀请陈寅恪当教授，被他拒绝，他毅然决然地选择回到祖国，任教于清华大学。

陈寅恪被人称为教授中的教授。由于他会得太多，学校实在不知道该让他教哪个学科，于是他就同时教授中国古典文学、历史、德语、梵文、天文学、数学6门学科。30多岁，他就与王国维、赵元任、梁启超并称清华国学院四大导师。他在清华教课的时候，教室里面总是座无虚席，连教授朱自清、冯友兰也常来蹭课学习。

当时，清华学术界分成两派：一派是本土派，另一派是留洋派。本土派认为留洋派不太懂国情，留洋派觉得本土派太过迂腐，眼光太狭窄，两派互相瞧不起。但不管是哪一派，谁都不敢瞧不起陈寅恪。

抗战爆发的时候，北大、清华、南开等大学西迁昆明，组成国立西南联合大学。陈寅恪带着妻儿老小一路流亡，他珍藏的典籍被日本炮火炸毁，他的大部分讲义、教案在转移的途中不幸丢失。在没有任何资料的情况下，陈寅恪靠着记忆力和渊博的学识，在茅草屋里写下了巨著《隋唐制度渊源略论稿》。他站在西南联大的讲台上说，即便书稿尽失，但是我承诺，前人讲过的我不讲，我曾经讲过的我也不讲。

抗战时期，日本人以重金邀请陈寅恪出任大学校长，被他以死相拒。陈寅恪的父亲陈三立更是选择绝食自尽。1949年，陈寅恪的好友胡适去了美国，傅斯年去了中国台湾，而陈寅恪哪里都没有去。他留在了大陆，他要留住中华文化的根脉。

晚年，陈寅恪视网膜脱落，双目失明。在妻子唐筼的协助之下，他花了10年时间，写下了80余万字的《柳如是别传》。陈寅恪认为，柳如是只是个弱女子，却比许多七尺男儿都更加懂得何为民族精神。特殊时期，陈寅恪成了被批判的对象，已经双目失明的陈寅恪先生摔断了双腿，整日卧床不起，却依然被抄家被羞辱，家里的书籍被焚毁，妻子的金银首饰被抢夺一空，甚至被绑在平板车上搡出家门，为了让在病痛中的陈寅恪不被毒打，妻子唐筼以瘦弱的身躯顶替丈夫承受毒打，接受批判。

1969年秋天，弥留之际的陈寅恪紧紧攥着唐筼的手，眼泪止不住地往下流，带着遗憾离开了这个世界。陈寅恪去世后，唐筼停止了治疗心脏病的药物，她对家人说，我也要走了，去追随我的丈夫。45天之后，妻子唐筼也追随陈寅恪而去。"问世间情为何物，直教人生死相许。"陈寅恪夫妇去世后，骨灰一直寄存在公墓，他们的女儿经过多年努力，历尽波折，直到2003年才将父母的骨灰安葬于中国科学院江西庐山植物园，一代国学大师在去世34年后终于入土为安。

云山苍苍，江水泱泱，先生之风，山高水长。陈寅恪的一生，不攀附、不谄媚、不屈从，以其文人骨气，以300年而出一人的渊博学识，锻造了一座精神丰碑。

顾毓琇

一生何似，清风、明月、劲松

他是第一位获得麻省理工学院博士学位的中国人，24岁就发明了计算机通解方程。他创立了中国第一个航空研究所。但他晚年却坚持只靠社保维持生活，没有给子女留下任何遗产。他被称为十全十美的男人，神一般的存在，他就是顾毓琇。

顾毓琇曾经担任中央大学校长，一度使之成为亚洲最好的大学。他培养出钱伟长、钱学森、吴健雄、陈省身、江泽民、朱镕基等著名学子。他教过的学生中，有100多个成为院士。抗战期间，他担任全国教育委员会主任，主导北大、清华、南开三所学校南迁，合并为西南联大，创造了中国教育史上的奇迹。

顾毓琇还参与创办了中央音乐学院、上海戏剧学院。据传他是第一个把交响乐引进中国的人。他制定了中国古典音乐的黄钟标准音，创立了中国第一部四幕话剧，他创作的话剧《岳飞》激励了几代人走上战场。他一生写过7000多首诗，他是中国历史上仅次于陆游的多产诗人。他的巨著《禅史》更是成为佛学必读书。

同他这样左手娴熟于人文艺术，右手精通于数学物理的，世间再难找出第二个人。

顾毓琇1902年生于江苏无锡的一个书香世家。父亲早亡，在母亲的悉心培养之下，5个孩子都成为博士。顾毓琇更是天资聪颖，13岁考入清华学校中等科就读，文学老师是梁启超，英语老师是林语堂，同班同学有梁思成、梁实秋、孙立人。毕业之后，顾毓琇留学麻省理工学院，仅用4年半时间，获得了学士、硕士、博士学位，成为震惊西方的天才青年科学家。不到25岁，就成为现代电机分析的奠基人。

顾毓琇同时研读物理、计算机、数学、哲学和教育学等多个学科。24岁就发明了四次方程通解法。100多年过去了，今天计算机求解方程的算法依然是基于该通解法的基本思路。后来，他还获得了"蓝姆"金质奖章，相当于电子领域的世界诺贝尔奖。

一毕业，顾毓琇就被美国通用电气高薪聘为工程师。不过，他只待了5个月就毅然辞职，回到了风雨飘摇的祖国，出任清华大学工学院院长，与文学院院长冯友兰、理学院院长叶企孙、法学院院长陈岱孙并称为清华大学四大院长。

顾毓琇认为，在民族存亡的生死关头，必须实行科学救国，毕竟真理在大炮的射程范围之内。于是，他创办了清华大学电机工程系，担任国立中央大学校长；创立了中国第一个航空研究所，钱学森就是第一批被他录取的学生之一。力学之父钱伟长、东方居里夫人吴健雄、数学家陈省身，还有江泽民、朱镕基等，都是他亲自培养出来的学子。

抗战期间，顾毓琇的女儿死于日军轰炸。他怀揣着巨大的悲伤，研究出改良版的防毒面具，并且亲自把8000多具防毒面具送往华北，抵抗日军。

顾毓琇不仅是一个理工天才，他在人文艺术领域的成就，更是让人瞠目结舌。他是中国历史上最多产的诗人之一，20岁就写出了中国现代文学史上最早的中篇小说；他与茅盾、郑振铎创立了文学研究会；他把莫泊桑、泰戈尔的作品翻译成中文，在国内传播；他是中国翻译贝多芬《欢乐颂》乐谱的第一人；他是第一个把昆曲的工尺谱翻译成五线谱的戏曲家。

2002年9月，顾毓琇先生离世，享年100岁。他用12个字概括了自己的一生：学者、教授、诗人，清风、明月、劲松。顾毓琇一生清贫，身后没有给子女留下任何遗产，从物质层面到精神层面都无比低调的他常说一句话——生前了俗事，身后少虚名。以至于到了今天，很多人竟从来没有听说过他的名字。

顾毓琇的一生始终是一个谜，一个人的生命可以如此丰富，汪洋恣肆如浩瀚大海。我特别喜欢他写的一句诗：

春水一江明似带，春去也，水长流。

顾毓琇曾是时代的一道光。对于今天的中国，下一个这样的传奇又在哪里呢？

赵萝蕤

只想当没有学位的一流学者

　　她是清华大学百年以来最美的校花，她当年拒绝了钱钟书的追求，嫁给了一个穷小子。

　　她首次把艾略特的《荒原》翻译成中文，还和丈夫为祖国追回了大量的国宝级文物。

　　但在特殊时期，她被折磨得精神分裂，丈夫更是含冤自尽。她一生无儿无女，孤独离世。她就是赵萝蕤，一代传奇才女。钱钟书的《围城》里，唐小芙的原型就是她。

　　赵萝蕤是浙江湖州德清人，从小学习英文和钢琴，并且随着父亲读《古文观止》。10 岁时，祖父问她，将来想得一个什么学位？赵萝蕤说，我只想当一个什么学位也没有的第一流的学者。但最后，她成了燕京大学学士、清华大学硕士、美国芝加哥大学博士。

　　25 岁，赵萝蕤翻译出版了中文版本的艾略特长诗《荒原》。26 岁，

238

她用英文演出莎士比亚戏剧《皆大欢喜》。钱穆先生专门写文章说，赵萝蕤是所有男生心目中的校花、女神。但当时，燕大、清华的才子们没有一个能入得了赵萝蕤的眼，她却转身倒追一个贫寒子弟陈梦家。当时陈梦家经常写诗，与闻一多、徐志摩、朱湘被誉为"新月派"四大诗人。有人问她，为什么选择陈梦家，是不是喜欢他的诗？她说不，我最讨厌他的诗。为了什么呢？因为他长得漂亮，我喜欢他英俊的脸。

　　1936年，陈梦家与赵萝蕤在大学校园里举行了简单的婚礼。后来陈梦家热心于古董字画的研究，还培养出了弟子王世襄。1937年，夫妻俩迁居昆明，陈梦家在西南联大教书。当时规定，夫妇二人不能在同一所学校任教，赵萝蕤便做了家庭主妇，但她仍然在翻译和写作，就连煮饭时也总会拿一本狄更斯的书在手。

　　1944年，陈梦家去美国芝加哥大学讲学，赵萝蕤则完成了她的博士学位。在此期间，夫妻二人共同搜集了大量流失海外的中国青铜器，如今这些青铜器就收藏在国家博物馆，是国宝级文物。1947年，夫妻二人拒绝了美国的邀请，坚持回到祖国，创办了清华大学博物馆，更是守护了大量珍贵的中国文物。

　　新中国成立后，有人提出来要废除汉字，采用拉丁字母。陈梦家公开反对，表示千万不能放弃使用汉字，没想到这竟成了一个导火索，使他们在特殊时期遭受了极其不公正的待遇。夫妻俩被强迫跪在单位的院子里，众人对着他们吐唾沫，两人被当众剃成光头，被周围的人用皮鞭子抽打。赵萝蕤的白衬衫被血染成了红色，家里的古董字画全被抢走，书籍被大火焚烧殆尽。在极端的虐待中，赵萝蕤精神失常，被关进了精神病院。丈夫陈梦家悬梁自尽，凄惨离世，连骨灰都不允许留下。伤心欲绝的赵萝蕤还被逼着写检讨书，却因为写了一个错别字，又被关进了监狱，关了整整5年。

晚年的赵萝蕤无儿无女，孤独无依，以常人难以想象的坚强，用12年的时间翻译完成了数十万字的《草叶集》，震惊了学术界。1998年，赵萝蕤去世，享年86岁。

2000年，赵萝蕤祖上的老宅，这所见证了历史沧桑的明代四合院被强行拆除。晚年时，赵萝蕤的病时好时坏，没有多少人再记起这个半疯半癫的老太太。当年爱慕他的钱钟书，把她写在了《围城》里，使她成了永远的白月光。

陈岱孙

一身清白，一世清华

　　他是最浪漫、最深情的清华大学教授，被誉为最后的贵族，是当年北大清华女生心中的"男神"，但他为了一个承诺终身未婚。

　　抗战时期，他资助梁思成、林徽因、金岳霖等教授，保存了文化血脉，他掌握了所有挣钱的方法，但终其一生只做一件事：当一个好老师。他就是陈岱孙。

　　陈岱孙说中国多一个好老师，起码可以少几千个愚人、几千个坏人，在陈岱孙的身上，你会看到贵族的标志不是金钱，而是教养。他一身清白，一世清华。

　　陈岱孙是福州人，出生于大名鼎鼎的螺江陈氏。他18岁考入清华大学，26岁哈佛大学博士毕业，28岁成为清华大学经济学系主任。陈岱孙高大俊朗，还会打篮球、高尔夫球、网球、游泳、打猎、跳舞也精通。每次上课，他总是穿着熨烫妥帖的西服和干净雪白的衬衫，说起话来抑扬顿挫。他的课堂上总是挤满了学生。林徽因说，听陈岱孙先生说话只有四字感受：如沐春风。

抗战期间，为了躲避日军战火，南开、清华、北大三所大学合并迁往昆明，组成了西南联合大学。有一次陈岱孙讲课时，外面突然下起了瓢泼大雨，暴雨淹没了课堂里的读书声，陈岱孙先生悄然转身，在黑板上写下了4个字：静坐听雨。在那样一个风雨飘摇的时代里，陈岱孙先生教会学生要有从容不迫的心境，静坐听雨，才能无问西东。

陈岱孙对语言有洁癖，他特别讨厌有些老师在课堂上用中英文夹杂着说话。他在课堂上，一生只说中文，他觉得，中英文夹杂是典型的殖民地心态，他才是真正的贵族。贵族不是有几座豪宅、几辆名车就可以成就的，而是像他那样，哪怕在西南联大落魄的茅草校舍里，也能一样西装革履，衬衫袖口永远雪白，法式袖扣一丝不苟地扣上，下雨时也能像他一样在漏雨的校舍里一面讲课，一面露出儒雅温和的笑容。

陈岱孙虽有很多的爱慕者，却终身未婚，因为在他心里始终住着一个人。19岁那年，陈岱孙与同学同时爱上了一个女孩，二人相争，又恰逢要出国留学，于是二人击掌为约，谁先得到博士学位就娶其为妻。本科毕业之后，陈岱孙毫不犹豫地申请了哈佛大学，每天泡在哈佛的图书馆里，仅用4年时间就获得了哈佛博士学位。他终于可以坦然地走到那个女孩面前，告诉她，我来兑现诺言了。只可惜"人面不知何处去，桃花依旧笑春风"，等他归来时，那个女孩已经嫁人了。原来他在哈佛苦读时，他的那位情敌早已先下手为强，对女孩展开了轰轰烈烈的追求，全然背弃了二人当初的承诺。得知此事之后，陈岱孙黯然离开。从此之后，他一生都不曾娶过妻。

1949 年前期，清华大学校长梅贻琦劝陈岱孙去台湾。他说，这是飞台湾最后一班飞机了，陈先生，恳请您一定动身到台湾再办清华大学，而他选择留了下来。在后来的特殊年代里，陈岱孙被打为资产阶级、学术权威，可因为一贯的好人品，他竟然没有被关进牛棚。据说，工宣队都为他的气度所震撼，甚至没有对他直呼姓名，而是尊称陈先生。在那样一个年代里，这简直是一个奇迹。当时，北京大学物理系的教授叶企孙含冤入狱，陈岱孙更是不顾被牵连的风险，常去看望他，给他送食物和营养品，一直到叶企孙去世。

1995 年，陈岱孙 95 岁生日，学校为他举办了盛大的庆祝会。陈岱孙说，在过去这几十年中，我只做了一件事，就是当一个教书先生。陈岱孙一直担任经济学系主任，从 28 岁一直做到 84 岁，90岁时还在带研究生，95 岁仍在主持博士生的论文答辩。

1997 年，陈岱孙去世，享年 97 岁。他用一生诠释了爱我所爱，行我所行，听从我心，无问西东。

赵元任

人生只求好玩与自由

他是中国300年来第一鬼才，精通30多门语言。

他是数学家、翻译家、音乐家、物理学家、哲学家、逻辑学家和心理学家，是一位百科全书式的天才。他先后5次被邀请出任清华大学、中央大学校长，他都回电说，干不了，谢谢。他是清华大学四大导师中最年轻、最博学的一位，却是民国时期最怕老婆的一位学者，他就是赵元任。

赵元任一生最大的兴趣是玩儿。他写了一首流行情歌，到今天依然广为流传。他能随意模仿各地口音，轻松骗过当地人。他能对法国人说巴黎土话，和德国人讲柏林方言，和湖南人说湖南话，对广东人说粤语。当年有专家呼吁废除汉字，他写下了一篇《施氏食狮史》，通篇只有一个读音，让人们明白了汉字的博大精深，最终汉字得以保留。如果没有他，汉字很可能已经被废除了100多年。

赵元任是江苏常州人，6岁以前跟随父母到处搬家，迁居天津、保定、苏州等地。这使得他从小就能模仿各地的口音，并且对周围的一切保持好奇与热情。他18岁时报考清华庚子留美公费生，考试科目里面有拉丁文，他一点都不会，当时也没有辅导班，他就在考前几个星期自学拉丁文，没想到考了全国第二名。而同班同学胡适刻苦学习多年，才考中第55名。

赵元任说，不要夸我勤奋，否则你就是瞧不起我的智商。在上大学期间，赵元任创作了中国人的第一首钢琴曲《和平进行曲》。同时他还擅长打网球、唱昆曲、花样滑冰、抖空竹。这个活泼的少年用创纪录的最短时间从美国哈佛大学博士毕业。他28岁回国，在清华大学任教。清华大学一口气给他开了七门课：数学、物理、中国音韵学、普通语言学、中国现代方言、中国乐谱乐调和西洋音乐欣赏。教学之余，他抽空翻译了一部流传至今的经典名著《爱丽丝梦游仙境》。

1911年，学者刘半农想写一本《骂人专辑》，就在报纸上征集各地的骂人方言。赵元任就登门造访，用各地的方言把刘半农骂了个狗血淋头。刘半农对他无比佩服，相见恨晚。后来，刘半农作词，赵元任作曲，创作了一首流行歌曲——《教我如何不想她》。

赵元任虽然在学科上很多元、很跨界，但他这一生从头至尾只爱过一个人，那就是民国传奇女子杨步伟。她是中国第一位医学女博士，23岁就成为校长，24岁创办了中国第一家私立医院。当时赵元任为了追求杨步伟，每天步行10千米路来医院看她。有一次，赵元任进来时，脚步匆匆，踢碎了一个花盆，杨步伟当下表示要赔偿。从此以后，每年到了杨步伟生日这天，赵元任就赔她两盆花，累计赔了100多盆，直到临终前。

赵元任和杨步伟没有举行婚礼，也没有办结婚证，而是自己手绘了一张结婚证。他们拍下一张合影，寄给了400多位亲友，通知大家，我们已经结过婚了，这就是他们的婚礼。在长达60年的婚姻里，两人每天都有新鲜感，他们今天说普通话，明天说上海话，大后天说湖南话。有人嘲笑赵元任怕老婆，赵元任说，与其说怕不如说爱，爱有多深，怕有多深。

在妻子杨步伟的陪伴之下，赵元任从1927年开始展开了中国第一次方言考察。他跑到全国各地调查60多种方言，采集大量的民谣。曾经有人问他为什么要研究语言，赵元任笑着回答说，因为好玩。他说，中国的学生，应该多多追求这种自由创造的心灵状态，一种去功利化的美学性质。

就在这种不受外界干扰、不参与任何行政的环境当中，赵元任先生编写新国语教材，全力推广普通话，为中国现代汉语的普及做出了巨大贡献。如今每一个会说普通话的人都应该感谢赵元任先生，同时不要忘记他的好玩和自由。

附录：推荐书单

唯有阅读永远令我们谦卑

有很多朋友经常问我：能不能推荐一个书单？

我向来是拒绝的。阅读从来都是私人行为，每个人都有适合自己的阅读对象，每个人都有关于书的缘分，每个人也应有自己的阅读谱系，以此构建属于自己的思想大厦。我还真没发现哪一本书是值得全人类都来阅读的。

我渴望做个自由的读书人，也一直自诩读书人。关于我的阅读选择，有三点供大家参考：思、诗、史。

思想，是我们全部的尊严。我们穷尽一生之力，都在思考着终极疑问：我是谁？我从哪里来？我到哪里去？这个时代早已从"价值理性"跌落为"工具理性"。思考会因意义的丧失而陷入绝望，并难以持续。然而，意义最丰饶的生长之地却是在思想之中，我们真正能仰赖的，就是持续不回头的思想。

诗，是一个再泛滥不过的字眼。荷尔德林写道："人充满劳绩，但还诗意地安居于大地之上。"大部分人没有真正读懂这句诗，很多人把诗矮化成了"浪漫、情怀"。荷尔德林所言的诗是艰苦的、需要经受磨难的。因为它是栖居在"大地"上的，它甚至是反对所谓浪漫的。"劳绩、诗意、安居、大地"，这句话的每个关键词都足够我们思索一生。就像歌德在《浮士德》里把人类不称作"人"，而是称作"小神"。人追求神性，但人终究是人，不可能成为神，每个人的一生都在为追求神性付出艰辛的努力，尽管这种努力的结局注定是毁灭。在我的理解里，"诗"即"神性"，是人类一触即灭的理想。

史，并非指"历史"，而是指文采、斯文、书生气。就像《论语》中记载的："子曰：质胜文则野，文胜质则史。文质彬彬，然后君子。"史，我把它理解为漂亮的文字、斯文的为人。博尔赫斯说，阅读是一种经验，就如同你看到一个女子，一见钟情，坠入情网，那是一种千真万确的经验。我渴望有些好的名字、好的语言不断被看见，如同叮当作响的美丽声音，回荡在记忆的角落里。

兼具"思、诗、史"三种特性的书籍大多是古老的经典，当代作品中罕见此类作品，而找到相同阅读品位的书友更难。在广漠如冰原的世界中召唤同类，这是每个读书人的梦想。

让我们从一本书开始出发吧，就像米兰·昆德拉描述的那样，"人在无限大的土地之上，一种幸福是无所事事的冒险旅行"。

［英］托尼·朱特《记忆小屋》

每个地方，都会成为一些人的故乡和另一些人的异乡。

我是在仙林鼓楼医院里读完这本书的，彼时的南京正值酷暑，疫情的反复更让人惶惶不安，这本书给了我力量。这本书是托尼·朱特在患了渐冻症之后对自己人生的回顾，不以发表为目的，所以文字真诚又坦率。

在一个个无法动弹的寂静黑夜里，朱特以空间为线索，搜索、整理了过往的记忆，筑成了一栋"记忆小屋"。他描写了祖母的犹太料理、伦敦的绿线巴士、瑞士的小火车，还回忆了西欧战后一代闹剧式的运动、时代的思想禁锢，以及自己对政治的观察与参与。

这本书让我真正感觉到了文字的力量，文字是我们所拥有的一切。你以为他在讲伦敦、纽约、瑞士，其实，他是在讲世界上的每个地方，都会成为一些人的故乡和另一些人的异乡。

［英］柏瑞尔·马卡姆《夜航西飞》

如果你必须离开一个地方，请尽可能决绝，不要回头。

这是一位女飞行员在非洲独自飞行的回忆录，秋季的故事读起来充满诱惑与神秘。这本书教给了我一个关键词——勇气，关于告别的勇气。

如果你必须离开一个地方，一个你曾经住过、爱过、深埋着所有过往的地方，无论以何种方式离开，都不要慢慢离开，要尽你所能决绝地离开，永远不要回头，也永远不要相信过去的时光更好，因为它们已经消亡。过去的岁月看来安全无害，能被轻易跨越，而未来藏在迷雾之中，隔着距离，看来叫人胆怯。但当你踏足其中，就会云开雾散。

袁行霈《陶渊明集笺注》（中华书局版）

春风无限意，何不饮酒行。

疫情期间突然想起陶渊明，将他的文字反复读了几遍，会让人感到安静，也更有力量。他是一位缠绵悱恻、多情的人。读集子中的《祭程氏妹文》《祭从弟敬远文》《与子俨等疏》，可以看出他家庭骨肉间的情爱热烈到什么地步。陶渊明是我们的朋友，恨不能与他处在同一个时代啊，春风无限意，何不饮酒行。

［美］ 阿尔伯特·爱因斯坦《我的世界观》

迷人的思想，性感的大脑。

甘地曾说，不了解人性不足以研究科学。爱因斯坦对此给予了完美诠释。以前只知他是伟大的物理学家，百年前他对世界政治的分析，对和平秩序的构建，对战争破坏性的深刻见解，现在看来仍然发人深省。爱因斯坦逻辑强大，文笔凝练又不乏幽默，具有迷人的思想、性感的大脑，本书读来犹如在爱因斯坦宇宙般浩瀚的脑海中自在遨游。

何大草《春山：王维的盛唐与寂灭》

但凡临事有三策，不如选下策。

这本书真的适合一个人独处时安静地阅读，人在安静的时候就会产生灵感。诗与禅，这是王维内心宇宙的两把钥匙。王维是复杂的，中国文人在历史磨难中一路走来多么不容易，王维就是让我们窥视进去的一道门隙。王维的人生观给了我很多启示，比如但凡临事有三策，他总是选下策。带上这本书直奔西安，去蓝田县辋川镇，去看看王维手植的那棵银杏树，这树已存活了1200余年，还在生长。

侯印国《清代稀见私家藏书目录研究》

大隐隐于金陵饭店，小隐隐于牛哥烧烤摊。

古人治学最重目录之学，因为目录学最能辨章学术，考镜源流。目录学中，又以清代最盛。这部学术专著开拓了清代目录学研究的新境界。侯老师每天给学生上课，在家写书，撸猫喝酒，如同自在的"山中宰相"。侯老师就是这个时代的隐士，我以为的隐士，不是隐秘、躲藏，也没有神道道的秘籍要苦修，他们就活在人间烟火气浓浓的地方。大隐隐于金陵饭店，小隐隐于牛哥烧烤摊。

［美］克莱顿·克里斯坦森《繁荣的悖论》

为什么市场饱和时，内卷就会无可避免地降临？

今年学到一个新词"内卷"，这本书很好地解释了为什么当市场饱和时，内卷就会无可避免地降临，而此时创新就越发重要。作者提出了一个新的创新概念，叫"开辟式创新"。这个概念能帮我们回答一个问题，那就是为什么有些国家能够摸索到通向繁荣的道路，而另一些国家却长期在极度贫困的泥淖中苦苦挣扎。虽然在讲别国的故事，但对中国的发展仍然有借鉴意义。

刘亮程《风把人刮歪》

任何一粒虫的鸣叫，也是人的鸣叫。

在岁末寒冬时节，最适合阅读刘亮程的书。窗外大雪纷纷，在家里煮一壶茶，等待阳光早点到来。刘亮程的文学价值其实被这个时代矮化了。散文家、哲学家、自然主义者，这些词都不足以概括刘亮程的全部。如果他诞生在梭罗的年代，那必将成为大师。但这个时代不需要梭罗，不需要克里希那穆提，不需要刘亮程。我真心希望可以有更多读者走近刘亮程，在这些素雅的文字背后，走进中国独有的天人合一的精神天地。读了他的书，你会真切感受与天地同在的疏阔境界，见证一个个生命的出发与陨落。任何一株草的死亡都是人的死亡，任何一棵树的夭折都是人的夭折，任何一声虫的鸣叫也是人的鸣叫。

[英] 弗吉尼亚·伍尔夫《到灯塔去》

有些人看似波澜不惊，内心却如孤独灯塔。

伍尔夫的意识流小说总是耐读的。小说里故事真正发生的时间只是一个黄昏和夜晚，但是穿插着大量的回忆和想象，因此让这个黄昏显得格外悠长。这本书里"灯塔"这个符号很触动我，有时候你会特别渴望找人谈一谈，但是到最后你发现，有些事是不能告诉别人的；有些事是不必告诉别人的；有些事是根本无法用言语告诉别人的；有些事是即使告诉了别人，别人也理解不了的。有些人看起来一生都波澜不惊，但他的内心深处，像一座灯塔，孤独地存在。

［美］艾萨克·阿西莫夫《神们自己》

面对愚昧，神们自己，也缄口不言。

2020 年重读这本书，五味杂陈，真是钦佩阿西莫夫的远见。人类的理性并非常态，而历史往往就是由一些讨厌而且毫无目的的冲突推动的。这本书从很小的角度描写了一个平行宇宙的故事，隐含着关于科技、能源、权力、荣誉与永生的思考。面临很多重大选择时，群众是应该被引领的，因为真理掌握在少数人手里。面对愚昧，神们自己，也缄口不言。

[捷克] 博胡米尔·赫拉巴尔《过于喧嚣的孤独》

我并不孤独，只是独自一人。

　　这是一个卑微的打工人的故事，主人公叫汉嘉，是废纸回收站的打包工，但是他长年累月地热爱着阅读，他从废纸堆里找到好书，然后收藏在自己居住的角落里，就是这样一位穷酸的老人，竟然在自己的房间里堆满了书籍。这么卑微乏味的工作与生活，却让汉嘉有一颗柔软而坚韧的心。在 35 年漫长的工作生涯中，汉嘉阅读了大量的书籍，他甚至把老子和苏格拉底邀请到一起探讨人生哲学。他说，我从来都不孤独，只是独自一人而已，独自生活在稠密的思想之中。这本书让我们看到，读书能将渺小变成强大，能使卑微成长为高贵。

图书在版编目（CIP）数据

总有群星闪耀 / 赵健著. -- 北京 ：北京联合出版
公司，2025.2.（2025.4重印） -- ISBN 978-7-5596-8180-5

Ⅰ. I267.1

中国国家版本馆CIP数据核字第202431BR23号

总有群星闪耀

作　　者：赵　健

出 品 人：赵红仕

责任编辑：牛炜征

———————————————————————————

北京联合出版公司出版

（北京市西城区德外大街 83 号楼 9 层　100088）

三河市中晟雅豪印务有限公司印刷　新华书店经销

字数：167千字　880毫米×1230毫米　1/32　印张：9

2025年2月第1版　　2025年4月第2次印刷

ISBN 978-7-5596-8180-5

定价：59.00元

———————————————————————————